ハヤカワ文庫JA
〈JA1409〉

大絶滅恐竜タイムウォーズ

草野原々

早川書房
8451

本文イラスト／TNSK

目次

沖汐愛理
おきしお あいり

沖汐眞理
おきしお まり

乙幡鹿野
おとはた かの

空上ミカ
そらうえ みか

高秀幾久世
たかひで いくよ

鳥山真美
とりやま まみ

八倉巻早紀
やぐらまき さき

杠葉代志子
ゆずりは よしこ

龍造寺桜華
りゅうぞうじ おうか

熱田陽美
あつた あけみ

天沢千宙
あまざわ ちひろ

飯泉あすか
いいずみ あすか

神木月波
かみき るな

小春あゆむ
こはる あゆむ

白鳥純華
しらとり すみか

汀萌花
なぎさ もか

氷室小夜香
ひむろ さやか

峰岸しおり
みねぎし しおり

星智慧女学院　3年A組

代	紀	
中生代	三畳紀	クルロタルシ類の繁栄 恐竜・魚竜・翼竜の登場 哺乳類の登場
		2億100万年前 **T-J境界絶滅事件:種の80%が絶滅**
中生代	ジュラ紀	恐竜の繁栄 鳥類の登場
		1億4500万年前
中生代	白亜紀	大規模な海洋無酸素化が起こる 被子植物の登場
		6600万年前 **K-Pg境界絶滅事件:種の76%が絶滅**
新生代	古第三紀	哺乳類と鳥類の適応放散 現生の鳥類グループが出そろう 地球寒冷化が始まる
		2300万年前
新生代	新第三紀	草原とサバンナの形成 現生の哺乳類グループが出そろう 人類の登場
		260万年前
新生代	第四紀	氷河が拡大する 人類の繁栄
		現在

※絶滅率についてはGreshko, Michael "What are mass extinctions, and what causes them?" (2019) を参考にしました。

地質時代年表

（省略）

代	紀	出来事	終わり	絶滅事件
（先カンブリア時代）	エディアカラ紀	分類不明の「エディアカラ動物群」の繁栄	5億4200万年前	
古生代	カンブリア紀	動物の「門」グループが出そろう（カンブリア爆発）	4億8500万年前	
古生代	オルドビス紀	サンゴ礁の形成 三葉虫の繁栄	4億4300万年前	O-S境界絶滅事件：種の85%が絶滅
古生代	シルル紀	ウミサソリの繁栄 植物の陸上進出	4億1900万年前	
古生代	デボン紀	魚類・腕足動物の繁栄 両生類の登場	3億5900万年前	F-F境界絶滅事件：種の75%が絶滅
古生代	石炭紀	森林の形成 昆虫の繁栄 爬虫類の登場	2億9900万年前	
古生代	ペルム紀	超大陸パンゲアの形成 単弓類の繁栄	2億5200万年前	P-T境界絶滅事件：種の90%が絶滅

大絶滅恐竜タイムウォーズ

「あなたの戦うべき相手というのは**進化**なのよ」

――山田正紀『最後の敵』より

オープニング

一八三二年一月十日。チャールズ・ダーウィンはゲロを吐いていた。

「おえぇぇぇぇ！！！！」

落ちた吐瀉物《としゃ》は、波の上を漂い、ゆっくりと沈んでいった。何匹かの魚が集まり、思わぬごちそうをつついている。

ダーウィンは好奇心旺盛で生物が大好きな人物であり、いつもなら船の上から身を乗り出して魚を観察するところだが、さすがにいまはそんな余裕はない。ただただ、胃液を外に出し続けるだけだ。

くそう。なにをやっているんだ……。

彼は思う。せっかく、ビーグル号の一員になったというのに、なにもやれることがない。穀潰しどころか、単なるゲロを吐く装置に成り下がっている。

もう出港から一週間以上が経過したが、それでも船酔いはおさまらない。艦長からはもうじき慣れると言われているが、信じられない。来る日も来る日も、腹の底からあふれる吐き気と戦うだけの日々。ものを考える気力もなく、食べることすらできない。理性によって、かろうじて、ビスケットと干しぶどうを口に入れるだけだ。それすらも、瞬時に吐き出てくる。

ハンモックに横になっていても苦しいだけなので、デッキに出てなるべく遠くを見る。イングランドの陸地はもう遠くなり、地平線の彼方に沈んでしまった。もう戻る場所はないのだ。これから、数年間、このビーグル号が家となる。

つまりは、この地獄のような揺れがいつまでも続くということだ。出港前は、あんなにも待ち望んでいた航海。それを決断したことの後悔が、ひたひたと押し寄せてくる。

――はたして、わたしは、この冒険でなにか成果を残せるのだろうか？

そんな不安がわき起こる。

「大丈夫ですよ。先生。あなたは歴史に残る発見をしますから」

ふと、隣で声がした。この船の上で聞こえるはずのない声だ。

女の声。そんなことあるはずがない。ビーグル号には女性は乗っていないはずだ。

いつの間に近づいたのだろうか。ダーウィンの隣に人影があった。

ダーウィンは乗船前、ビーグル号のクルー全員と顔合わせしている。食べて歌って飲んで友好を深めている。記憶にある彼らの顔と、まったく別の顔がそこにあった。

老婆だ。とてつもなく歳をとっているのだろう。顔はシワだらけで表情が読めない。腰まで届く長く白い髪が、服のように体を覆っている。だが、その眼は知的に光り輝いていた。

老婆は妙な表情で笑っていた。屈託のない笑顔のように見えるが、そこには「含み」があった。

まるで、これからいたずらを仕掛ける子供のような、悪意が見え隠れする。

魔女。そんな言葉がダーウィンの頭によぎった。教育を受けた理知的な紳士には似合わない迷信的な発想であったが、老婆に対してはその言葉がぴったりと当てはまった。

「先生。わたしは、あなたに『お話』を届けるためにここに来たんですよ」

老婆が言う。

——まず名を名乗れ！　そう叫ぶべきだった。船員を呼んでこの不審者をとっ捕まえるよう言うべきだった。

この老婆のそばにいると、そんな合理的な行動が難しくなった。体中が震えて力が抜けて、叫ぶ気力もなくなってしまう。

奇妙なことに、それは恐怖だけではなかった。懐かしさ、ノスタルジーも彼の胸のなかに広がった。

まるでこの奇妙な老婆が旧友のようだ。そんなことあるはずないのに。記憶には自信があるが、いままで出会ってきた誰とも似ていない。

「わかった……」

ダーウィンはかすれた声で言う。

「聞かせてくれ、その『お話』とやらを……」

老婆は笑い、ぼそぼそとした、しかしよく通る声で語り始めた。

それは、こんな『お話』であった……。

第一章　鳥類覚醒

1　神奈川県立生命の星・地球博物館

このお話をどこから始めるか、迷いますね。やはり、スタートは大事ですからね。すべての始まりである『どうデス』、つまり『大進化どうぶつデスゲーム』の第一回戦から始めてもいいんですよ。

けれど、あなたはその物語を知っていますよね？　知らないはずないですよね。十八人の女の子が八百万年前に行ってネコをぶっ殺すお話ですね。ネコを殺すのには理由がありましてね。人類のためです。ネコを殺さなければ人類の進化史が狂ってしまうのですよ。

で、どうなったかというと、最後に熱田《あつた》陽美《あけみ》という人間が自爆して人類は救われてメデタシメデタシというわけです。

でもね、第一回戦があるということは、第二回戦があるということ。

これからお話するのは、その第二回戦です。

さあ、想像してください。あなたは空上《そらうえ》ミカになります。あなたは十八歳の女子高生です。コミュ障で、図鑑を見るのが好きな少女です。

ミカの内面を想像して、共感して感情移入しましょう。

彼女は神奈川県小田原市にいます。小田原市はご存知ですよね？　横浜から一時間あれば行ける観光都市。小田原城があり、海にも近く、箱根温泉にもすぐ行けるグッドなところです。

なぜ、ミカが小田原市にいるかというと、小田原市民だからなのですよ。彼女だけでなく、このお話の主要登場人物は小田原市民なのです。あなたはそのことを知っていますよね。知らないはずはありません。

小田原市のどこにいたのかというと、ご存知とは思いますが、神奈川県立生命の星・地球博物館です。ここはとても大きな博物館で、ミカは常連客だったのです。

ミカの他に、峰岸《みねぎし》しおりも来ています。しおりとは誰でしょうか？　文学好きの少女を想像しましょう。足が不自由で、おとなしそうな外見をしていますが、内に強烈な情熱を秘めた少女です。あなたはミカでありますが、しおりでもあります。二人はこのお話のとても重要なキャラクターなので、十分に注意深く内面を想像して共感してください。

では、準備ができたところで、神奈川県立生命の星・地球博物館のなかに行きましょう。

ミカとしおりがいる場所は、一階の常設展です。そこは、たくさんの展示物があります。この展示は、生命の進化史に沿って時系列ごとに並んでいます。最初に、地球が生まれて間もない時代の鉱物。そして、原初的なバクテリアの化石、そうして、次々と進化した生命が出てくるって寸法ですね。

そんなふうに、どんどん後の時代の化石が出てくるのです。ミカとしおりがいるところは、展示の目玉である恐竜の化石が置かれています。ブラキオサウルスにティラノサウルスにアロサウルス。そんな大人気の恐竜たちの足元に二人はいます。

そ！こ！に！ぐらぐらぐらぐら！とーんでもない揺れが襲いかかります。これは、なんだ？地震か？噴火か？雷か？いや違う。ミカにはわかっていました。彼女は三か月前にも、同じような揺れを経験していましたから。宇宙が書き換わったのですよ。**宇宙リライト**です。

そうです。ミカは三か月前に、どうデス第一回戦を体験したのです。そのとき、ヒトが知性を持った宇宙から、ネコが知性を持った宇宙に書き換わりました。今回も同じようなことが起こったという推測をしたわけですね。

推測は大当たり、第一回戦のときと同じように、スマホから、アニメ声優のような甲高い声が流れます。

「はーい！　おひさしぶりっ、リアちゃんでーす！　大進化どうぶつデスゲーム、第二回戦はじまるよー！」

ご存知シグナ・リアさんですね。自称シンギュラリティAIで、女子高生十八人を過去に送って鉄砲玉として使用し、進化史を正常に戻したという功績があります。

ミカの心は絶望を感じました。当たり前ですね。誰しも、デスゲームを二回も経験したくないものですよね。

どうデスの第一回戦を生き残ったサバイバーは十七人います。星智慧《ほしちえ》女学院の三年A組の皆さんです。ミカとしおりが宇宙リライトを経験したように、他の十五人も同じような経験をしていました。

宇宙リライトは過去の進化史が改変されることで、現在が変化する事象です。そうであれば、宇宙内部の意識も何もかもをひっくるめて変わるため、変化自体に気づく者は誰一人としていないはずです。なのに、なぜ、彼女たちは宇宙リライトに気づけたのでしょうか？

シグナ・リアのおかげです。リアは未来の果てに位置する「万物根源」の端末です。万物根源とは、時間線のなかの一番端っこ、トンデモナイほどの情報があふれている時点です。シンギュラリティＡＩが多宇宙量子重力《マルチバース・クオンタム・グラビティ》コンピュータを作って地道に計算した結果、情報量が爆発的に増加したのです。その情報量は相対的に多いのではなく、絶対的に多い。その絶対的情報量が、時間を安定化させる基盤となるのです。

万物根源は、次のようにして時間を安定化させます。量子からみあい《クオンタム・エンタングルメント》でつながる、ＤＮＡやＲＮＡの情報を使って、ありとあらゆる生物の時間的なライン（これを「情報血管」と呼びます）と交信します。情報血管を使って、異なる時点や場所の矛盾を消失させ、宇宙を筋の通った一つの存在に編集するわけです。すべての体の動きを一挙に監視する脳のようなものです。

当然、万物根源は唯一にして絶対でなければなりません。宇宙を編集する器官は一つでなければ。さもないと、一つの宇宙のなかで、矛盾する状況が生まれることになります。

どうデスは、そのような矛盾した状況から生み出されます。二つの万物根源が存在した結果、進化史のなかで、矛盾が生まれるのです。

どうデス第一回戦では、人間が知性を持つヒト宇宙と、ネコが知性を持つネコ宇宙の万物根源が戦いました。ヒト宇宙万物根源は星智慧女学院の十八人を宇宙リライトから守るのにせいいっぱいでしたが、彼女たちを鉄砲玉にしてネコ宇宙を崩壊させました。

しかし、ネコ宇宙の万物根源を倒しただけで終了、お疲れさまでした打ち上げ行きましょうといった様子では、どうやらないようです。サバイバー少女たちは、また別の宇宙の万物根源とも戦わなければいけないそうです。

第二回戦である今回は、どのような宇宙が出てくるのでしょうか？　気になりますね。

まあ、巻き込まれる本人としては、気になるどころの騒ぎではないのですが。

このような大事件に巻き込まれたらまっさきにすべきことはなんだと思いますか？　パニックになってはいけません。冷静に状況を把握して情報収集に努めなくてはいけません。

ミカは、次のような質問をリアにしました。

その一、なぜ、あなたはわれわれの前に現れたのか？

その二、もしも、あなたの目的が、再度、どうデスを始めるというものであるならば、われわれは何と戦い、何をすればよいのか？

その三、そもそも、あなたはどのようにして、存在しているのか？　つまり、コンピュータならば、なんらかの計算媒体が必要なはずですよね？　スマホから声を出しているということは、スマホのコンピュータを乗っ取っているのでしょうか？

リアの答えは、要領を得ないものでした。

シグナ・リアについて、あなたはどのような印象をお持ちでしょうか？　無邪気だけど、邪悪な言動をする美少女キャラクターというのが、最大公約数的イメージだと思われます。ところが、今回の彼女はかなりキャラを変えてきたのです。まあ、ここは、セリフを直接聞いてもらうのが一番早いでしょう。

彼女は、こう言ったのです。

「リアちゃん、わかんなくなってきちゃったなー。アタマのなかに、ポッカリと大きな穴があいたように。大きな大きな『わからなさ』が、どんどんどんどん、増殖していってるみたい。リアちゃんは、キミたちの脳細胞に感染して、計算リソースをマイニングして成り立っているんだけど、そこに保存されている情報がどんどんどんどん消えていってるみたい〜。たぶん、攻撃を受けているんだよ。でも、リアちゃん、賢いから、敵は六六〇〇万年前にいるってことはわかるんだ」

この発言に、ミカとしおりはさすがに不安を覚えます。宇宙同士の戦いという人智を超越している状況のなかで、リアが邪悪ながら唯一の案内役でした。彼女までも道理を失えば、もうどうしていいのかわかったものではありません。

「あの……、どうやって過去に行けばいいでしょうか……?」

しおりが質問します。彼女は常に丁寧語なのです。

どうデスの第一回戦において、彼女たちは、「タイムポータル」というアイテムを使ってタイムトラベルしました。タイムポータルの外見は臓物めいた肉塊で、そこから出てくるケーブルを身体に刺して、意識を過去に送るのです。

「残念ながら、もうタイムポータルを作れないんだよっ。リアちゃんの記録が消されちゃったからね、失われた情報は、もう永遠に戻ってこない」

どういうこと？　この発言により、ミカの不安感はグイグイと上昇します。

「えへへっ、心配してくれてありがとっ。でも大丈夫。前回使ったタイムポータルがあったでしょ？」

どうデス第一回戦が終了したのち、サバイバーたちは、タイムポータルを校庭に埋めました。それを掘り起こせば、また、過去に行けるはずです。

ひとまずの小目的が決まりました。そうなれば、善は急げ。いますぐに、星智慧女学院に向かわなければいけません。

ここで、周辺の地理を確認しておいて損はないでしょう。ミカたちがいる神奈川県立生命の星・地球博物館は、ちょうど小田原市と箱根町の境界に位置しています。星智慧女学院は、そこから北東に三キロほど行ったところ、小田原駅の北側あたりですね。一番の近道は、国道一号線を利用することでしょう。

ミカとしおりは、博物館の出口に向かおうとしました。彼女たちがいるのは一階の常設展です。最短で外に出る経路は、経路を逆行して入り口から出ることでしょう。ミカは、脚が不自由なしおりに肩を貸して、小走りで急ぎます。

入り口に近づくにつれて、展示されている化石は進化に逆行していきます。恐竜から三葉虫に、三葉虫からストロマトライト――原始的な光合成バクテリアですよ――に。そうして、地球で最も古いバクテリアの化石が展示してあるあたりにたどり着いたとき。二人は異変に気づきます。

大きな影。明らかに人間のものではない影が、ゆっくりと動いていたのです。

「なに……、あれ……」

しおりがつぶやきました。

その影の持ち主は、優に人二人分の体躯を誇る巨大な鳥でした。普段見るハトやカラスのような形ではなく、筋肉質な脚がすらりと伸びて器用に歩いています。逆に羽は退化して飾りのような短い痕跡が残っているだけです。

陸地を歩く大きな鳥といえばダチョウが思いつきますが、そいつはもっとずっと凶悪な顔つきをしています。クチバシは猛禽類のように鋭く、鉤状になっており、趾《あしゆび》にはナイフに匹敵するような爪が備わっています。

ミカは息を呑みます。しおりと違って、彼女はそいつの正体の見当がついていました。

「フォルスラコス……」

フォルスラコス。それは、絶滅した巨大な肉食鳥類です。六二〇〇万年前から、つい一万年前まで、南アメリカ大陸の覇者として君臨していたバードです。南北アメリカ大陸が合体して、食肉類などの肉食哺乳類が北から流入したことで生存競争に負けて絶滅してしまったと、まことしやかに噂されています。

どうやら、この宇宙では、フォルスラコスは絶滅せずに世界中に繁栄しているようです。

フォルスラコスは凶暴な肉食鳥です。当時は哺乳類をガブガブむしゃむしゃゴックンと遠慮なく口に入れていました。もし、人間を見つけたら、喜んで寄ってきて、自慢のクチバシを使ってその肉をえぐり取ることでしょう。

そんなのはゴメンですね。ミカとしおりも同意見でしょう。彼女たちは、体を低くして、ゆっくりと鳥から離れます。

最短の出口は封じられてしまいましたが、神奈川県立生命の星・地球博物館を出るには、もうひとつの通路があります。順路に従い、三階に上り、そこから再び出口に至る道です。

彼女たちは、無事に博物館を脱出し、六六〇〇万年前へとたどり着けるのでしょうか？　気になりますね。

けれど、もっと気になることがありますよね。どうデス第一回戦を生き抜いたサバイバーたちは、ミカとしおりだけではないのです。合計十七人います。彼女たちは、ミカのように、リアから第二回戦の開戦を宣言されているのです。

さあ、彼女たちは、どのような反応をしているのでしょうか？　見ていきましょう。

2 TOHOシネマズ小田原

場面がズームアウトします。次のような想像をしましょう。あなたの視点はぐぐっと、空へと上がります。天井を突き抜けて、神奈川県立生命の星・地球博物館の全体像が見えます。さあ、そこから、北東へ三・六キロほど移動しましょう。

あなたの視点は国道一号線に沿って小田原駅に到着しました。さらに、上り方面の線路をひと駅分走ってください。川を越えると、見えてきました。鴨宮駅《かものみや》です。鴨宮駅から、さらに一キロほど離れたところにありますのは、映画館、TOHOシネマズ小田原です。たくさんの人が映画を観る施設ですね。

視点を映画館のなかに入れてください。スクリーンには、アニメキャラクターが映っています。大人気アニメ映画『天気の子』が上映中なのです。カメラは、スクリーンを見つめる二人の人間に接近します。

その二名とは、高秀《たかひで》幾久世《いくよ》と鳥山《とりやま》真美《み》です。人間を想像するためには、特徴を述べなくてはいけませんね。幾久世のほうは、疲れた眼をしています。まだ十七歳なのに、世間に対してウンザリしているような眼です。対して、真美のほうは眼が輝いています。長くてボサボサのヘアーが顔を隠していますが、その合間から好奇心でいっぱいといったふうなギョロギョロした眼が見えます。

幾久世はかなり重要な人物ですから、名前を覚えておいてくださいね。十分注意深く彼女の内面を想像して、共感して感情移入しましょう。真美のことはあまりフォーカスしなくてもよいです。にぎやかしのための一人ですので。

さあ、そこで、揺れます！　すさまじい揺れです！　揺れとともに、宇宙が変容していきます！

さてさて、どうやら、二人は映画鑑賞中に宇宙リライトに遭遇してしまったようです。

なんと、『天気の子』は宇宙リライトのあとでもスクリーンに映ったままでした。さすがは大ヒット映画ですね。

一方、それを見ている人々は変化しました。

前回の第一回戦では、リライトが起きたとき、進化史が変わってしまい、人間はチンパンジーのような形態になりました。今回はもっと時代をさかのぼって、キツネザルのような原猿類になっています。

キツネザルはうるさいです。きぃーきぃーきぃーきぃー甲高い声でわめいて、映画館のなかであろうと容赦なく糞尿をまき散らします。これはもう、映画を見る余裕はどこにもありません。

少し遅れてリアが現れて、どうデス第二回戦を宣言します。

幾久世と真美はビックリしています。特にショックが大きいのが幾久世です。「デスゲームなんてもう嫌だ」と思っているのです。常識人ですね。一方の真美は変人なので、宇宙が書き換わる体験がまたできて喜んでいるようです。

「幾久世殿〜。すばらしいですぞ！　これこそ、全宇宙の意思がわれわれを導いているのです！」

という真美の言葉を受けて、幾久世は「こんな非常時に何を言ってる？　こいつ本気でおかしいのではないか。正直、そばにいたくない……」という思いをぐっとこらえます。

「そ、そうだね。けれど、いまは、ここを出ることが先決だよね。宇宙の意思も『生きろ』ってささやいているよ」

とかなんとか説得し、真美とＴＯＨＯシネマズ小田原を抜け出そうとします。

幾久世は、中二病として自らのキャラを作っていますが、オカルト好きの真美はそれを本気にしています。この関係が続くのは、ちょっと困るなあと、幾久世は日々思っているところでした。

幾久世の胸中には、恐怖と不安のほかに、心配という感情もありました。友人の、千宙《ちひろ》のことを心配していたのです。あなたは、天沢《あまざわ》千宙を知っていますね。不登校気味で、幾久世にべったりな子ですよ。幾久世の感想としては、正直ちょっと重い友情であるなと若干のウザさを抱いてきたものなのですが、それはそれとして心配であります。危なっかしい子ですからね。

恐怖や不安や心配などなど色々な感情が出てきて忙しい幾久世でありますが、まずは、この映画館を出ないと話になりません。スクリーンにいまだ『天気の子』が映っていますが、さすがの大ヒット映画もいまは見るべきときではないようです。

二人は、ソロリソロリと極力足音を立てないように気をつけながら、劇場の扉をゆっくり開けます。

照明はすべて消えたようで、館内は真っ暗です。頼みの綱の『天気の子』の光も、遠くまでは届きません。

さっきまで人だかりで満ちていたはずの映画館は、いまでは別の気配でいっぱいです。動物です。独特の獣臭さ、牧場や動物園に行ったときの、鼻どころか喉にくるような強烈なニオイがムッと漂ってきます。

闇のなかに、なにか動くものがいます。スマホの光をかざすと、サッサッと素早く動く影が見えたような気がしました。

幾久世の脚はプルプル震えます。ペタリとその場で床に座り込んでしまいたい衝動と必死に戦っています。真美を盾代わりにして彼女の服のすそをギュッと握りしめ、いざとなったら真美を犠牲にして自分だけ助かろうと心中に案をめぐらしています。

一方の真美は、危機感が欠如している人間ですので、好奇心のおもむくまま、どんどん暗闇を前進していきます。

と、そこに。

「……やめっ、いたっ、あっ、たすけっ、たすけて！」

という断続的な声が前方から響いてきました。女性の声のようです。乱闘するような音も聞こえてきます。

幾久世の恐怖心はマックスです。一刻でも早く、誰かにすがりたい気分。

なのに、頼みの綱の真美は駆け出してしまいました。

「待ってよ！　一人にしないで！」

と叫んで、必死で追いかけます。

二人がたどり着いたのは、売店のカウンターでした。映画を見る前に、ポップコーンやコーラを買うところですね。窓のない造りなので、相変わらず暗闇ですが、一階からわずかな光が漏れており、暗さに眼が慣れた二人には十分な光源として機能しました。

カウンターの前には一人の女性が倒れていました。幾久世は彼女の顔を知っていました。沖汐眞理《おきしおまり》です。おかっぱ頭で、目つきが鋭い女の子を想像してください。それが彼女です。

科学的思考力を最も大切にする眞理は、オカルト好きの真美と犬猿の仲でいつも喧嘩をしていましたが、今回ばかりは休戦しなければいけない状況のようです。

なぜならば、倒れた彼女の周りには、三羽の鳥が群がっていたからです。

ただの鳥ではありません。これまでに誰も見たことがないような奇妙な鳥です。

頭はフクロウに似ています。「ホォーホォー」と鳴くあのかわいいフクロウちゃんです。頭から胴体までは、フクロウカフェの収入源となるあの生き物とほとんど同一の体つきをしています。

腹の下を見ると、その印象は一変します。ながーーーーい脚がついているのです。下にいくにつれて、羽毛は短くなり、脚先あたりになるとモフモフの毛はなくなり、代わりに冷たい印象を持ったウロコがずらずら並ぶようになります。趾からは、凶暴な鋭い爪が見えます。その爪で眞理を突き刺しているのです。

こんなおかしな生き物ですが、こいつに似たやつは過去の地球に存在していました。オルニメガロニクスというキューバにかつて住んでいた絶滅種です。オルニメガロニクスは、天敵の哺乳類がいないキューバで、地上に降り立ち、そのまま飛ぶことをやめてしまったフクロウです。捕食者がいないため、一メートルの体長まで大型化しました。

目の前にいるフクロウは、オルニメガロニクスと似ていますが、大きさは違います。一メートルを超えて、成人男性ほどの大きさはありましょうか。オルニメガロニクスと似た進化ルートをとっていますが、きっと別のフクロウなのでしょう。

ここでは、オルニメガロニクスに似ているがそれよりも大きいこいつらを、「オオオルニメガロニクス」と呼称しましょう。「オ」が多すぎるかもしれませんが、辛抱してください。

三羽のオオオルニメガロニクスたちは、一方的に眞理を攻撃しています。眞理は手も足も出ません。だんだんと傷は深くなり、血が床に滴っていきます。

「やばい……。どうすれば……」

幾久世と真美は、固唾《かたず》を呑んでその光景を見守っていました。『天気の子』のキャラクター、森嶋帆高《もりしまほだか》と天野陽菜《あまのひな》の等身大パネルの影に隠れてフクロウたちから身を隠しています。

「武器……、武器になるもの……」

幾久世は頭を左右に動かし、武器を探します。バールのようなものがそこらへんに落ちていれば良かったのですが、あいにく、TOHOシネマズ小田原はそんな危険なものをポップコーン売り場に放置しておくことを許しませんでした。

「はいはーい！ リアちゃんが、とっておきの武器をプレゼントするよ！」

リアの声とともに、幾久世の右手に激痛が走ります。

「あいたたたたたたたたたた！」

思わず、叫びだしてしまいます。

「幾久世殿〜、なに大声出してるんですか！　あいつらこっち来てますよ！」

　真美の指の先を見ると、オオオルニメガロニクスがトコトコと歩いてきました。首を百八十度回しながら「ホォーホォー」と間抜けな声を出しています。

　それでも、幾久世は叫び声を止められませんでした。なぜならば、腕の内部からなにか硬いものが飛び出してきたからです。

「ぐぁー！　痛い！　なんじゃこりゃぁー！」

　彼女の右腕からは、ギラギラと金属質に光る刃《やいば》が現れました。刃渡り三十センチを優に超えています。公道に出れば、即、銃刀法違反で逮捕されるでしょう。

「さぁ、幾久世ちゃん！　戦うんだ！　ふぁいと〜」

　リアがいらつく声で煽ります。無責任な言動に幾久世の脳みそは怒りでいっぱいですが、ここはやるしかありません。さもなければ鳥葬です。

「うがぁぁぁぁぁぁ！」

　喉の奥をひっかいたような高低入り混じった複雑な叫び声をあげながら、右手から伸びた刃を振り回します。

　ざくっ！　刃が、オオオルニメガロニクスの顔に触れました。一見、細いかすり傷が顔に走っているくらいで、大した傷を与えることができていないように思います。

「ホッホォー、ホッホッホォー」

オオオルニメガロニクスも余裕でホッホー鳴いていますが、次の瞬間。

「ホッホゥ……、ホゥ……？　ほぅ、ほごほごごぽごぽぷしゃぁぁじゅぼぼぼぼぼ！」

どぼぼぼぼぼぼ！　顔に走った傷がいきなり広がり、なかから大量の血が噴出します。血は気管に入り込み、こぽこぽと肺から出る空気の音がします。傷の拡大は収まらず、アジの開きのようにオオオルニメガロニクスの体が一刀両断されます。

仲間に起こった悲劇を見て、残った二羽は戸惑ったように動きを止めます。アドレナリンマックスの幾久世は、刃をデタラメに振り回して鳥へ飛び込んでいきます。

じゃばばばばこぽこぽぽぐじゃぶちゃじゃか！　と二羽の鳥は血を流して死にました。

「沖汐さん。大丈夫⁉」

眞理のもとへと駆け寄った幾久世。しかし、刃が邪魔になってうまく近づけません。代わりに、真美が助け起こしました。

「ただのかすり傷よ」

そう言うと眞理は、真美の手をはねのけ、自分で立ち上がります。

「また、デスゲームが始まったんでしょ？　早くここから出ましょう」

顔にかかった血をぬぐって、さっさと歩き始めます。

幾久世と真美は、急いでそのあとに続きます。

幸いにも、館内に忍び込んだ鳥はあの三羽だけのようで、出口まで巨大な鳥に出会うことはありませんでした。

ＴＯＨＯシネマズ小田原の出口の扉は、開きませんでした。窓ガラスの外を見ると、どうやら、植物の蔓に覆われているようでした。

ここは幾久世の出番ということで、刃を振るって通路を切り開きます。

新鮮な空気が入ってきます。いままで嗅ぎ慣れていたものと、まったく違うにおい。別の宇宙の空気です。

同時に、ムワッとした湿気を肌に感じます。いまは、夏真っ盛りで、小田原の夏はかなり暑いですが、ちょっと桁が違うような蒸し暑さが押し寄せてきます。南国のジャングルのようです。

空気とともに、ブンブンという音が聞こえてきます。昆虫です。こちらも、小田原の夏のものとは桁外れに多いです。おまけに、大きさも桁外れ。親指の先ほどもある蚊や、両手を並べたよりも大きい蛾が傍若無人にブンブン飛び回り、三人に群がってきます。

蚊に血を奪われているというのに、三人は、振り払うことを忘れていました。それほど、外の景色が異様だったからです。

見慣れた、小田原市の町並みは一変していました。何本もの高い樹木が、家をぶち抜いて森のようにそびえています。知っている日本の樹木のどれとも違う植物たちです。

もっとも異様なところは、色彩でした。葉は緑ですが、枝からぶら下がる果物が、見たことがないような色なのです。

赤や青はもちろん、ピンクや紫、挙句の果てにはレインボウなど、毒々しい極彩色が広がっています。

森のなかは、何十、何百もの鳴き声に満ちていました。そのどれもが、聞いたことのない声です。

一歩一歩、怯えながらも、三人は森に足を踏み入れます。

3　芦ノ湖《あしのこ》

一方、その頃。TOHOシネマズ小田原から西南に十六キロほど離れた箱根町の芦ノ湖では、海賊船が沈没しかかっていました。

海賊船といっても、その乗組員たちが金銀財宝を略奪したり、犯罪行為に関わったりするわけではありません。箱根海賊船といって、海賊船をモチーフにした遊覧船なのです。観光客を乗せる平和な船です。

八倉巻早紀《やぐらまきさき》と、白鳥純華《しらとりすみか》も、箱根海賊船に乗っていました。親友の二人は、夏休みを利用して箱根に来ていました。受験勉強の合宿をしていたのです。息抜きに、芦ノ湖を見ようと海賊船に乗ったとき、どうデス第二回戦が始まってしまいました。

八倉巻早紀は、このお話において非常に重要な人物ですので、名前を覚えておきましょう。サラサラとした栗色ヘアーで、毛先がカールしており、お嬢様っぽい雰囲気を漂わせていますが、力強い眼をしています。白鳥純華の名前は、余力があれば覚えておいてください。茶色に染めた髪に、複雑な編み込みをしているギャルっぽい子です。

なぜ、箱根海賊船は沈没しかかっているのでしょうか？　その答えは、湖のなかにありました。

水中に潜む巨大な生物が、体当たりしてきているのです。

ぐらっ、船が傾きます。水面から、その犯人が顔を出します。

一見、クジラのようです。魚のような流線形の黒い体をしています。よくよく見ると、クジラと似ていますが、まったく別の生物だということがわかるでしょう。

口は、巨大なオレンジ色のクチバシです。カミソリのように鋭いクチバシで、船底をバシバシ叩いてきます。ヒレのように見えるのは、翼です。体色も、黒いのは背中だけで、腹の側は白いことがわかります。

異様な姿をしていますが、ある動物が連想できます。動物園や水族館の人気者です。

そう、ペンギンです。

海賊船を襲っているのは、巨大ペンギンなのです。完全に水中生活に適応し、陸に上がることがなくなったため、脚が退化したのでしょう。浮力のある水中では、重量が大きくともそれほどのデメリットにはならないため、ここまで巨大化したと考えられます。クジラと同じようなルートの進化をたどったわけです。

「リア！　なにか武器になるものはないの!?」

揺れる船の上で、振り落とされまいとマストにつかまりながら、早紀は叫びます。

「はいはーい、リアちゃんでーす。早紀ちゃんの遺伝子発現を操作しているから、ちょっと待っててね～」

一分ほど経ったのち、早紀は右腕に熱を感じました。なかでなにかが動くような感触です。熱はやがて、激痛に変わります。

ぐじゃがががが！　手首あたりから、鋭い棒のようなものが飛び出てきました。骨と同じ成分でできているのでしょう。真っ白です。棒は、反対側の肘あたりからも飛び出ます。槍です。早紀の右腕を、槍が貫いているのです。

槍は、早紀の意のままに前後に激しくスライドさせることができるらしいです。

「死になさい！」

早紀の槍攻撃が始まります。槍が、巨大ペンギンの体表に向かって放たれます。ぐじゃぐじゃぐじゃぐじゃ！　ペンギンの肉がえぐられ、芦ノ湖が赤く染められます。

「ぐぁぁぁぁがぁぁぁぁげぇぇぇぇぇぉぉぉぉ！」

ペンギンが鳴きます。地獄から聞こえてくるような低い声です。

だいぶ傷ついているはずなのに、怒りのためかますます強く船に体当たりします。

船が傾きます。早紀と純華は危うく湖に投げ出されそうになりますが、火事場の馬鹿力を出して船べりにすがりつきます。これはピンチです。生命の危機です。

二人の命の存続について、気になるところではありますが、今度は、船からおよそ三百メートル離れた対岸を見てみましょう。

そこにも、二人の少女がいます。神木月波《かみきるな》と氷室小夜香《ひむろさやか》です。彼女たちも、芦ノ湖に旅行に来ていたのです。この二人はとても重要な人物ですので、ぜひとも名前を覚えましょう。両者ともショートカットですが、月波のほうが短い髪をなでつけている髪型で、小夜香のほうは、ピョコピョコと髪が立っています。また、月波は背が低く、小夜香は背が高いです。

二人は沈む船を見ていました。リアから、早紀と純華が乗っていることを聞かされていたのです。

リアは、二人に言います。

「ねぇねぇ、早紀ちゃんと純華ちゃんを助けに行こうよ。戦力は多いほうがいいよ〜」

あいにく、月波は乗り気ではありませんでした。クラスカーストにおいて、二大トップである早紀と純華を苦々しく思っていたからです。

「いや、別に、わたしたちとしては、あいつら死んでも損じゃないし、つうか、スカッとするよ。ざまぁって感じ」

月波は、小夜香に「ねっ！」と同意を求めました。前回のどうデスから二人は仲良くなり、一緒に箱根に旅行するほど仲良しになっていたのです。

小夜香は月波の耳に口を近づけました。内緒話をするように、声を低めて話します。

「ルナっちは、あの二人のこと、嫌いなの？」

月波はドキドキしながらも、答えます。

「もっ、もちろんだよ！あんなやつら、本当に死んだほうがいいよ！」

「だったら、助けなきゃね」

「えっ？どういうこと？」

月波は戸惑いましたが、その次の言葉を聞き、息を呑みました。

「だって、そうじゃないと殺せないじゃん」

「えっ……、えっ、え!?　殺す!?」

唐突すぎる提案に、月波は混乱します。

「そうだよ。月波が、この手で、早紀ちゃんと純華ちゃんを殺すんだよ」

小夜香は、月波の手を取り、優しくなでます。

「大丈夫。できるよ、月波は。わたしが、ついているもの」

手をなでながら、小夜香は「できる、できる」と繰り返します。

早紀と純華を殺す……。その発想は月波にとって麻薬のようなものでした。いつも教室を支配している、あのうざい二人組を殺す。この手で殺す……。

「そ、そうか。小夜香ができるっていうなら、できるんだよね……。そうだよ！　殺せるんだよ！」

月波は思わず感極まって叫びだしました。小夜香ができるっていうのなら、できると確信したのです。

「よし、それなら、助けに行こうね」

小夜香はリュックから空気銃を出して、月波に渡しました。市販のエアガンを違法改造して、殺傷力をもたせたものです。どうデス一回戦のあと、二人はよく、空気銃で動物を虐待して遊んでいました。

月波は慣れた手付きで、銃に圧縮ガスを注入します。

「さて、船までどうやって行こうか」

岸辺を見渡した小夜香は、一台の黒いバスに目を留めます。普通のバスとは違い、車高が一回り高くなっています。

車体にはこう書かれていました。

『NINJA BUS WATER SPIDER』

ニンジャバスウォータースパイダー。それは、芦ノ湖観光のために、二〇一八年から導入された水陸両用バスです。陸地と水面を走ることができ、乗客は芦ノ湖の周辺と湖のなかを一挙に体験するのです。まさに、現代技術が作り出した「水蜘蛛の術」でしょう。

「よし、あれに乗ろう」

善は急げと、小夜香はニンジャバスのタラップを下ろします。ニンジャバスは車高が高いので、乗車するのにタラップが必要なのです。

あわてて、月波も続きます。

「ルナっち、運転できる？」

「えっ？　あー、どうかな？　ゲーセンでレーシングとかはやってるけど……」

「じゃあ、まかせた！」

小夜香は月波を運転席に座らせて、自分は助手席を選びます。

「ええと、これがアクセルでこっちがブレーキ……」

幸い、鍵が挿されたままだったので、エンジンは難なくかかりました。

ガクンとGがかかり、ニンジャバスは湖めがけて進み、そのまままっすぐ突入していきます。

水しぶきが大きく上がりましたが、バスは停まってしまいました。タイヤが浮いて空回りしているのです。

「あー……、どうするんだ、これ……？」

「ルナっち、きっとスクリューを動かすレバーがあるんだよ」

「どれだろう？」

と、グズグズしているうちに、湖面に生息する鳥たちが集まってきました。

顔つきはペリカンやヘビウのような水鳥に似ています。長く、鋭いクチバシを持っています。おそらく、魚を突き刺すために進化したのでしょう。

問題は脚です。普通の水鳥のように、胴体で浮くのではなく、アメンボのように脚で水面に浮いているのです。脚先から、趾が扇状に広がり、薄い膜が張られています。水かきから進化した器官でしょう。水を弾いて表面張力を利用し、水面に浮いていると思われます。その形態から、この鳥を「アメンボペリカン」と名付けましょう。

アメンボペリカンは、大きな羽を広げて、まるでヨットのように風を利用し、自由自在に水面を移動しているようです。ニンジャバスの周囲にワラワラと寄ってきます。

「うわっ、キモっ」

月波が感想を述べます。それに呼応したように、小夜香が空気銃を撃ちます。首の細い部分を正確に撃ち抜き、アメンボペリカンの肉がそげて骨が露出します。

「ははは！　雑魚《ざこ》だよこいつら！」

月波が愉快に笑って、レバーを引きます。

ぐぉんぐぉんぐぉんぐぉん！　車体に振動が走ります。スクリューが作動したのです。ニンジャバスは水面を進みます。前方にいたアメンボペリカンに衝突し、その体をスクリューに巻き込んでいきます。

赤い液体を後方から流し、バスは沈む海賊船に到着しました。早紀は腕から伸びた槍で、巨大ペンギンに最後の一撃を食らわせていました。

「おーい、サッキー。スミやん。助けにきたよ〜」

小夜香は気の抜けた声で叫びます。

「小夜香！　助けにきたのか！　やっぱり、持つべきものは友だな！」

純華が感激します。

「早くこっちにきたほうがいいと思うよ」

小夜香の言う通り、船はいまにも沈みそうでした。

「この槍を使うわよ！」

早紀は純華を抱きかかえると、槍をバスのほうへ伸ばしました。槍はバスの座席に突き刺さります。

小夜香が槍を支えると、早紀はロープウェイのように、自らの体を槍に沿って移動させました。とても上手《うま》いやり方です。これならば、高低差があっても、安全にニンジャバスへと降下できるのです。

「小夜香ぁ！　ありがとな！　おまえがいてくれてほんっとうに良かった！」

救助されたあと、純華は小夜香に抱きつきます。

「ははは、スミやんったら、大胆だねー。けど、一番活躍したのは、ルナっちだよ」

運転席で居心地の悪い表情をしている月波を指差します。

「そうだったのか！　ありがとな、神木。おまえはもう親友だよ！」

今度は月波に抱きつく純華。

「純華ったら、神木さんが困ってるじゃない」

早紀が間に入ります。

「でも、わたしからも、お礼をさせて。あなたは、命の恩人よ」

お礼として、早紀は月波の両手をギュッとつかむのです。

月波のほうは、カーストトップの二人が口々に自分をほめたたえるのを聞いて、ドキドキしていました。一方で、この二人を殺すことを考えると、ゾクゾクッとした気の昂ぶりと、得体の知れない快感を覚えるのでした。

4　星智慧女学院

　さて、もう一度確認しますが、このお話に出てくる人々の目的地は星智慧女学院です。正確には、女学院にあるタイムポータルと呼ばれる装置です。装置といっても、生物学的なもので、外見は臓物めいた肉の塊です。前回のどうデスのときに、女子高生十八人を八〇〇万年前の北アメリカにタイムスリップさせたという功績があるものですが、キモい外見をしていたため校庭に埋められました。

　過去に行くには、埋められたタイムポータルを掘り出さなくてはいけません。夏休みでしたが、幸いにも、校内には三名のどうデス参加者がいました。杠葉代志子《ゆずりはよしこ》、乙幡鹿野《おとはたかの》、そして、汀萌花《なぎさもか》の三人です。

　代志子は、シャキッとした雰囲気の女の子です。生徒会長を務めており、誰にでも好かれる天性のリーダー格です。ポニーテールと元気いっぱいの笑顔が似合っています。鹿野は、ひたすら地味な女の子です。中肉中背で、お団子ヘアーをしています。集団に埋没すればまっさきに記憶から消えてしまう人物でしょう。かろうじて、機械と植物に強いという特徴があります。

代志子と鹿野の二人は、生徒会の引き継ぎをするために、生徒会室で書類を作製していました。一方、萌花は教室で補習をしていました。萌花とは、ヤンキーっぽい女の子です。金髪に染めているので、ヤンキーっぽい印象があるのです。不登校が続き、出席日数が足りないため、夏休みも補習していたのです。

代志子と萌花は、けっこう重要な登場人物ですので、できれば名前を覚えて、努力して内面を想像して、共感して感情移入にはげんでください。鹿野はそうでもありませんから、覚えなくてもいいです。

どうデス第二回戦が始まり、宇宙がリライトされると、三人は合流しました。リアの指示どおりに、タイムポータルを掘り出そうと校庭に出ました。

校庭は、色とりどりの植物に支配されていました。元々の宇宙とあまりにも植生が違いすぎるため、タイムポータルを埋めた場所を探し出すのも一苦労です。

おまけに、別の宇宙の生き物もどこからか侵入してきました。不気味な動物です。他の動物に例えようもないですが、強いてあげるならばフラミンゴでしょう。フラミンゴを三倍くらい大きくして、その長い首を地面に曲げている様子を思い浮かべてください。

「U」を右側に倒したような格好です。顔が上下逆になっていまして、巨大な上クチバシを地面に接しています。一方の下クチバシは、小さく退化しています。

上クチバシは幅が広く、シャベルのようです。クチバシで地面を掘り起こして、植物の根や土のなかにいる虫を食べています。フラミンゴは水中濾過摂食者《ろかせっしょくしゃ》です。そのクチバシには「板歯《ばんし》」という網のような繊維質の器官があります。そこで水中のプランクトンを濾《こ》し取って食べているのです。その濾過摂食形態を、陸上に適応させた姿がこれなのでしょう。

大きな体を支えるために、羽は脚へと変化していました。硬い皮膚で覆われた脚には、申し訳程度の羽毛が見られるだけです。藻を背景にしてカモフラージュするためでしょうか、薄い緑色の短い毛で全身が包まれています。

幸い、陸上フラミンゴは、おとなしい性格のようで、人が近づいても、のんびりゆったりしています。安全に、タイムポータルの回収を進めることができました。

「あった！　これだ！」

記憶をたどり、萌花はタイムポータルを埋めたあたりをしらみつぶしに掘り出していました。二十分ほどが経ったとき、ＢＩＮＧＯ！　見事発見しました。

タイムポータルは、前回の戦いから三か月ほど土のなかへ埋められていたためか、干からびていました。

これは、本当に動くのでしょうか？　保証期間が切れているのではないのでしょうか？　などという心配を、一同は抱きましたが、リアが無事に再起動してくれました。

タイムポータルは、陸上フラミンゴに飛びついて、その血を吸います。フラミンゴはバタバタ暴れますが、血が足りなくて死んでしまいます。血をたくさん吸ったタイムポータルは、元気いっぱいです。内部から節足動物のような、関節がたくさんある脚を大量に出して、ガサガサ歩きます。

これで、一安心だと思ったそのとき。天からの災厄が萌花に襲いかかってきたのです。カワセミです！　ナイフのような、非常に鋭いクチバシを下にして、急降下してきたのです。あれに刺されればひとたまりもありません。萌花は死を覚悟しました。

「あぶない！」

代志子がカワセミをパンチしました。カワセミは「けけけけけ！」という笑い声をあげてどこかに飛んでいきました。

「杠葉さん、大丈夫⁉」

代志子の顔から血が滴っていました。カワセミに傷つけられたのです。

「これくらい、大丈夫だよ。それよりも、早く、校舎に入ろう！」

また、カワセミが襲ってきたら大変です。一同は校舎に入り、扉を固く閉め、念のため机でバリケードを築きます。

「手当しよう！」

萌花は保健室に代志子を連れていき、消毒薬と包帯を使って傷口を適切に処置しました。

ここで、二人は会話をします。萌花は代志子に助けてくれてありがとうとお礼を言います。お礼は大事ですからね。代志子は、萌花に、名字ではなく名前で呼んでほしいとお願いします。萌花は承諾し、二人の親密度がアップします。

時間が止まったような瞬間が保健室に広がります。残念ながら、長くは続きませんでした。

ずどぉーん。どどぉーん。ごごぉーん。

大きなものを高いところから落としたような音です。どんどん、近づいてきます。

「よしさん！　たいへんだよぉ！」

鹿野が血相を変えて飛び込んできました。

「でっかい鳥がこっちに……！」

その言葉は、地響きに打ち消されました。

学校全体が揺れています。地震？　いや、違います。外から建物が蹴られているのです。

ずぼぉん！　壁が崩れます。

脚です。脚が見えます。あなたはニワトリの脚をご存知でしょうか？　三叉に分かれた角質化した脚、その巨大バージョンが三人の目の前に現れました。けづめまでの高さだけで、人の身長ほどもあるでしょう。

脚は手当たり次第に、いや、脚当たり次第に、学校を破壊していました。思い出の校舎が、徹底的に破壊されていきます。

巨大な脚が現れたら、人間にできることはほぼありません。ただ、ひたすら、我が身の無事を祈って逃げるだけです。

崩壊する学校から、タイムポータルを持って逃げ出した三人は、学校破壊の張本人を目撃しました。

最初に目に入るのが、巨大な眼です。真っ黄色の眼球に、真っ黒の目玉。二つの眼の下には、赤い巨大な口がぱっくりと開いています。自動車一つやすやすと呑み込める大きさです。赤い口のなかからは、大量の毛が幕のように垂れ下がっています。毛には粘性がある唾液が垂れており、唾液によってくっついた虫たちがもぞもぞうごめいています。ときどき、細くて長い舌がピョコピョコ出て、虫を丸呑みします。

この鳥は、ヨタカの仲間です。ヨタカは、猛禽類ですが、主に昆虫を餌にしています。大きな口を開けて、空中を飛び回り、小さな虫をなかへと入れています。一種の空中濾過摂食といえるでしょう。その空中濾過摂食という食性を極限に進化させたのが、この巨大ヨタカなのです。

濾過摂食者の代表はシロナガスクジラですね。シロナガスクジラは、世界最大の動物です。濾過摂食で生きるならば、体が大きいほうが都合良いのです。効率よく餌を集められますからね。

ヨタカは茶色い体色をして枯れ葉に擬態していますが、この巨大ヨタカは樹そのものに擬態しています。ゆえにこいつを、タイジュヨタカと名付けましょう。

タイジュヨタカの脚で蹴られれば、一撃であの世へと行ってしまいます。死にたくないので、三人は走って逃げます。

自転車があります。そうだ、あれに乗ろう！　自転車は速いから追いつかれないはずだ！　などと考えたのでしょうか。学校から、自転車で飛び出します。自転車とは、ペダルを漕いで進む乗り物です。

タイジュヨタカはそのあとを追います。さすが、バカでかいだけあって、ストロークが長いです。自転車に勝るとも劣らない速さを出します。

「どこに行くの⁉」

萌花が尋ねます。

代志子は考えました。普通の建物に逃げ込んだところで、巨大な脚で破壊されるのがオチ。だとすると、破壊されないような立派な建物に逃げ込めばいいはず。

破壊されることのない立派な建物。小田原市民ならばすぐにわかりますね。そうです。

小田原城です。

「小田原城に向かうよ！」

代志子のかけ声とともに、一行は小田原城へと全速前進します。

小田原城は難攻不落の名城として、その名を馳せています。戦国時代には、上杉謙信や武田信玄の攻撃を退けています。バカでかい鳥などに、天地がひっくり返ったとしても、壊されるわけがありません。もっとも、豊臣秀吉には落城していますが。

小田原城が見えてきました。小田原市民ならば、おなじみの天守閣です。周囲は謎の植物が生い茂るジャングルに、堀は硫黄臭が漂う沼に変わっていましたが、天守閣は立派に建っていました。

小田原城天守閣への登城ルートは、大きくわけて四つあります。正規登城ルート、学橋・二の丸経由ルート、北入口・御用米曲輪《ごようまいくるわ》経由ルート、南入口・お茶壺曲輪経由ルートです。三人はその四つから歴史ある正規登城ルートを取りました。

「そぉれ！」

三人で協力して、門を入れて、銅門を閉じます。銅門という名前は、飾り金具に銅が使われていたことに由来するそうです。

タイジュヨタカが追いついてきて、銅門は大きく蹴られます。この門は平成九年に再現されたものですが、それでも、小田原城の精神を忘れませんでした。

ヨタカの猛攻に、銅門は、耐えています。必死に耐えています。頑張って、銅門の内面を想像して、共感して感情移入してください。

ごめんなさい。間違えました。銅門に内面はありませんね。感情移入する必要はないです。それよりも、代志子の気持ちを考えてみましょうか。

代志子はこう考えていたはずです。――「もっと安全なところに行きたい！」

その欲求を叶えるために、天守閣への階段を駆け上ります。有酸素運動です。全身の細胞に酸素が行き渡ります。ミトコンドリア大活躍です。

続いて見えてきたのが、常盤木門《ときわぎもん》です。常盤木とは、常緑樹のことで、小田原城の永久の繁栄を願って名付けられました。城のなかでも、もっとも堅固な門です。ここの門も閉めます。

さあ、天守閣までもうすぐです。あと数十メートルで到着します。いつもならば、一般一人五百十円の入場料がかかりますが、いまならなんとタダ！　入り放題。

目の前に、白い立派な建物がそびえています。あのなかに入れば、安全です。なにしろ、城ですからね。これで安全でなかったら、噴飯ものでしょう。

ところが、一気に天守閣に進入するということはできそうにありません。屋根の上に、得体の知れない生物が陣取っていたからです。

全身がハゲている巨大コウモリ。そう形容するのが一番近いでしょうか。大きさは、自動車一つ分ほど。全身を、乾燥した灰色の皮膚が覆っています。翼からは鉤爪が出ています。鉤爪で、屋根を摑み、ガサガサと気味悪く動いているのです。

まるで地獄から這い上がってきたかのようです。この動物の正体は、猛禽類のチョウゲンボウが進化したものです。チョウゲンボウが飛べない鳥となり、生息地である岩地に適応するために羽を退化させて、代わりに鉤爪が出てきたのです。

「チョウゲンボウ」という名前の由来は、トンボの方言「ゲンザンボウ」にあるといわれています。「鳥ゲンザンボウ」が「チョウゲンボウ」になったというわけですね。こちらの動物は、外見はコウモリに似ています。コウモリは飛鼠《ひそ》ともいいますので、「ヒソゲンボウ」と命名しましょう。

ヒソゲンボウは小田原城を降りてきます。大きな体なのに、軽々とした身のこなし。クチバシをガシガシ鳴らして旺盛な食欲がある様子をアピールします。どうやら、人間を食べようとしているらしいです。

三人はびっくりしました。記憶のなかにない動物なので、どう対処してよいのかわからなかったのです。そういうときはびっくりするということを、ご理解いただけるでしょうか？

びっくりしたら、体が止まってしまいます。これは危険だ！　ワーニング！　ワーニング！　ヒソゲンボウが近づいてきますよ！　猛禽類のクチバシは、とても鋭く、人間の肉を切るなど、朝食のパンについてくるバターを切るのと同じくらいかそれよりも簡単だと推測できます。

さてさて、このまま三人はドロップアウトしてしまうのでしょうか？

生存を絶望視したとき、思わぬ救世主が現れます。

「とりゃぁぁぁぁぁ！」

叫び声とともに、全身を武者鎧で覆った謎の人物が現れました。

「チチチチチチ！」

ヒソゲンボウは、思ったよりもかわいい声で武者を威嚇します。

「そこだ！」

武者は、太刀を振るいます。日本刀は非常に鋭いので、ヒソゲンボウの首をザクッと切ることができました。

「ありがとうございます。名も知らぬお方」

代志子はお礼を言います。お礼は大事ですよね。

「いやいや、わたしだから」

武者は、兜《かぶと》を脱ぎます。そこには、見知った顔がありました。クラスメイトの飯泉《いいずみ》あすかです。非常に背が低く、ベリーショートで少年のような顔です。彼女は、まあ、ベリーショートが好きな人は名前を覚えてねというくらいの重要度です。

もっと重要なことは、あすかがなぜに武者の格好をしているのかという点でしょう。代志子も同じような感想を抱いたようで、質問します。

その答えは以下のようなものでした。
①リアから代志子たちがタイムポータルを持って小田原城に向かったことを聞いた。

②自分は小田原城の近くにいたため、先回りして城内に入った。
③屋根の上にヒソゲンボウがいたので、危ないと思って「SAMURAI館」から武器を取ってきた。
「SAMURAI館」とは、小田原城内にある人気施設で、本物の刀剣や甲冑が展示されており、サムライの精神性について学ぶことができます。あすかが持ってきた日本刀は、小田原藩士が兄弟の仇討ちをするときに使ったものだそうです。ほかに、「NINJA館」というものもあり、戦国時代に活躍した風魔忍者になりきることができます。

残念ながら、いまは「NINJA館」に行って楽しむ余裕はなさそうです。門のほうから、がんがんががんと騒音が聞こえます。タイジュヨタカが貴重な文化財を破壊しているのです。

いまこそ、小田原城の力が発揮されるときでしょう。天守閣に逃げ込めば、それ以上に安全なところはありません。

四人は脇目も振らずに必死に走ります。天守閣に入るには階段を上る必要がありますが、幸いにも敵は見えません。安全のようです。

油断大敵！　安全だと思ったときこそ、前後左右上下を確認しなければいけないのです。それをしなかった罰は高くつきます。

今回、罰を受けたのは鹿野でした。

鹿野は、入り口の近くにあった灰色の塊を単なる岩だと思ってしまったのです。岩ではありません。ハシビロコウが擬態していたのです。ハシビロコウは待ち伏せ型の肉食鳥として知られています。じいっと静かに獲物を何時間も待ち続けることができるのです。獲物が近づくと、大きなクチバシを開けて素早く呑み込みます。普通のハシビロコウは魚を餌にしていますが、このハシビロコウは、きっと陸地の動物を餌にしているのでしょう。鹿野は、ハシビロコウに頭蓋骨を割られてしまいました。粉々です。専門家の検死を受けるまでもなく、死んでいることは一目瞭然です。

さて、人が死んでしまいました。そういうとき、何をするべきでしょうか？　黙禱です。黙禱を捧げるのです。

ここで、一分間の黙禱をお願いします。

5　巡礼街道

一分間が経ちました。眼を開けてください。

あなたは、ちゃんと黙禱をしたでしょうか？

死者を祈るのは大事なことです。黙禱をサボったらダメですよ。

では、お話を続けましょう。

同じ時刻の、別の人々の話をしましょう。

鹿野の死亡現場から想像上のカメラをぐいーっと引いてください。小田原は一面、奇妙でサイケデリックな植物にあふれています。

あなたの視点を、ふたたび東に移動させましょう。幾久世と真美と眞理がいた、TOHOシネマズ小田原から東に五百メートル離れた地点を想像しましょう。具体的に住所を言えば、神奈川県小田原市前川一二〇あたりです。

そこは、「フレスポ小田原シティーモール」です。食品やファッションはもちろん、スポーツ用品や眼鏡屋までそろった郊外型大型複合商業施設です。そのすぐ南には、天然温泉やボウリングや映画などが一挙に体験できる複合アミューズメント施設「小田原コロナワールド」があります。まさに、小田原エンタテイメントの中心地、小田原中のナウなヤングはここに集まるといっても過言ではないでしょう。

フレスポ小田原の自動ドアは、蔦で覆われていました。そのガラスにヒビが入ります。内部から叩かれ、ガラスがメキメキと割れます。

割れたガラスの穴から、ナウでヤングなガールの顔が見えます。そのガールは、周囲に危険がないことを見ると、残りのガラスを割って、外に出ます。

彼女は、龍造寺桜華《りゅうぞうじおうか》です。とても体格の良い少女です。身長は一七〇センチほどあるでしょう。その長身を生かしたバレーボールをはじめとして、ありとあらゆるスポーツが得意です。あなたならば、彼女の内面を想像して、共感して感情移入できますよね。ここまで、たくさんの登場人物が出てきましたが、あと少しでコンプリートします。頑張りましょう。無理だったら彼女の名前は覚えなくてもいいです。

バレー部のはずの桜華は、なんと、ゴルフクラブを持っています。転向をしたわけではありません。武器として、リーチの長いゴルフクラブが都合良かったというわけです。事実、クラブの先には血がこびり付いています。フレスポ小田原内で、何羽か鳥を撲殺してきたに違いありません。

彼女の息は荒く、眼は血走っています。毎週来ているフレスポ小田原は、いまや鳥類の魔窟です。何羽撲《なぐ》り殺しても、次から次へと鳥が出てきます。

桜華の視線が、上を向きます。なにかに気づいたようです。

白い、小さな無数の塊が、上空からフワフワと漂ってきます。雪でしょうか？　まさか。外は酷暑です。熱で風景は揺らぎ、逃げ水があちらこちらに見えるくらいの温度なのです。それなのに、雪はありえないでしょう。

白い塊を手にのせた桜華は「ひっ！」と小さく空気を吸います。

それは、うごめいていました。

四つの小さな脚と、細長い頭があります。前脚には、羽毛のようなものが生えています。

ほんの一センチくらいの大きさですが、それはまさしく鳥でした。

反射的に、桜華は手を閉じました。

べちゃ。

嫌な音がします。だらだらだらと、指の間から赤い血が漏れます。

手のなかを確認するのが怖かったので、桜華は汚れを服で拭き、忘れようとしました。

彼女の努力を嘲笑うかのごとく、雪のような鳥は、どんどん増えていきます。その発生源は、空にありました。

大きな、とても大きな鳥がはるか上空にいるのです。まるで飛行船のような体形です。本当に、飛行船ほどの大きさがあるかもしれません。

巨大な翼を、ゆっくりと動かし、その場にホバリングしています。その尻から、雪鳥が無尽蔵に放出されているのです。

この鳥は、マンボウのような生態をしています。非常に多くの卵を産みますが、生き残るのはわずかという生態です。何億羽も生まれた雛の一握りが、超巨大に成長するのです。卵は親鳥の体内で孵化し、雪のように各地に放出されます。この鳥を、以後「マンボウチョウ」と呼ぶことにしましょう。

マンボウチョウの雛は、どんどんと降下してきます。いまや、一面が白く覆われているほどです。それとともに、騒がしくなります。雛を狙った鳥たちが、集まってきたのです。

こんなところに長居するべきではないと、桜華は急いで離れようとします。そのとき、悲鳴が聞こえました。女の人の声です。

あわてて、悲鳴の主を探します。

いました。地面に倒れて、のたうち回っています。

なぜ、のたうち回っているかというと、さきほどの雪鳥のせいです。マンボウチョウの雛の大群が、女性の体にまとわりついて、肉をえぐっているのです。

一羽一羽は極小の雛ですが、数千羽も集まると、脅威です。何羽つぶしても、次から次へと飛んできます。小さなクチバシで、皮膚を破り、血と肉をついばむのです。

桜華は、倒れていた女性を起こし、雛を払い除けます。べちゃべちゃべちゃ。野いちごジャムのような色が大量にしたたります。

雛をつぶす作業を、数分ほど続けてやっと、被害者の女性の顔がわかりました。

桜華は彼女を知っていました。クラスメイトの小春《こはる》あゆむです。

さあ、あとほんの少しで登場人物《キャラクター》たちがコンプリートします。できれば、小春あゆむの名を覚えてください。

小春あゆむはどのような人物でしょうか？　人畜無害な顔をしています。ボブ・ショートの髪型で、眼はまん丸です。背は、平均的な女子よりもやや低いくらいです。

桜華は、あゆむを抱き起こして「大丈夫!?」と聞きます。これまで数々のキャラクターたちの内面を想像して、共感して感情移入してきたあなたならば、このときのあゆむの感情がわかりますね。そうです。「うざいなあ」と思っていたのです。それほど、桜華のドヤ顔がひどかったのです。

あまりにも桜華のドヤ顔がひどかったため、あゆむは桜華を「将来殺しておく人リスト」に入れました。

あゆむは、いらつく人に出会うと、脳内に殺しておく人リストをメモするという習慣があります。あまり褒められた習慣ではないですね。でも、最低限の社会性は備えているので、そのことを外に向けて公言したりしません。

今回も、桜華にはちゃんとお礼を言いました。桜華の顔はますますドヤドヤしています。

「ここは危ないよ。早く、逃げよう」

桜華は得意げに言って、あゆむの手を引き、道に出ます。

あゆむは、自らを承認欲求充足の道具にされていることを悟って、心の底からうんざりしていますが、それを一寸たりとも表に出しません。

二人が出たのは、「巡礼街道」と呼ばれる道です。国府津《こうづ》駅までまっすぐ二キロほど続いています。ショッピングモールが立ち並び、普段は人通りも多く、活気が出ています。

今回は、別の意味で活気があります。生き物の声でいっぱいです。特に多いのが、鳥の声です。

二人は警戒しながら、巡礼街道を西に進んでいきます。

「よしっ、このまま、国道二五五号線に出ようね」

桜華のささやきに、あゆむは子供扱いしてんじゃねえよという感想をいだきます。

巡礼街道の西には、国道二五五号線があり、国道に沿っていけば酒匂川《さかわ》を渡り、小田原駅方面へと出ることができます。

外は、奇妙な風景が広がっていました。ヒト宇宙とトリ宇宙という二つの宇宙が、重なり合っているようです。カラフルな果物をたわわに実らせた見たこともない樹々が並んでたりしているかと思えば、脱線して陸橋から下の道路に転落しかけている新幹線があったりします。

「お二人さーん、リアちゃんだよ！　仲間が近づいているから、合流したほうがいいよっ」

ここで、親切なシグナ・リアが教えてくれます。

TOHOシネマズ小田原にいた、幾久世、真美、眞理の三人です。映画館から命からがら脱出し、巡礼街道にたどり着いたのです。

「よかったぁ。みんな、無事だったんだぁ。……って、幾久世ちゃん!?　その手なに？」

「いや……、これはちょっと改造してもらって……」

桜華は刀のようになった幾久世の手を見てびっくりしました。

「すげー、カッコいい！」

「まぁ……、カッコいいのかもしれないね……」

桜華は感動しますが、幾久世はその手がお気に召さないようです。

合流した五人は、それほど仲が良かったわけではありません。単なるクラスメイトで、他人です。けれど、非常事態なので、互いの無事を確かめあって、ほっとした風な言動をとります。やっぱり、命の危機がある状況で、仲間が増えるのは頼もしいですね。グループが大きくなれば、命の危険もそれだけ少なくなりますから。

五人のなかで、もっとも社会性が高い桜華が自然とリーダーを務めます。ほかは、偽装中二病とオカルト狂と科学狂と殺人予定リスト製作者ですので、スポーツウーマンの桜華が適任なのは言うまでもありませんね。当初の予定どおりに、巡礼街道を西に行き、酒匂川の岸辺に出ます。

ところが、そこで問題が生じます。

「あれっ？　橋は？」

桜華は首をひねります。いつも通学時に自転車で渡っている飯泉橋《いいずみ》がなくなっているのです。

「やばいよ……、流されちゃってる！」

幾久世の言うとおりです。酒匂川は、いつもより水かさを増して、まるで、湖のようでした。飯泉橋の橋桁は、完全に水に浸かり、中央の部分が水の勢いで破壊されてしまっています。

「どうしようぅ……」

桜華は戸惑います。戸惑っている場合ではありません。ここは、河口付近です。動物がたくさんいるところなのです。動物がたくさんいるということは、危険動物もたくさんいるということです。

水音がしました。川の中央で、なにか巨大なものが動いています。素早く岸辺へ泳いできます。

一同のなかで、一番最初にそれに気づいたのはあゆむでした。

最初、彼女は大蛇だと思いました。しかし、蛇にしては体幅が広すぎます。体格はワニに近いですが、脚は見当たりません。また、体表にはウロコではなく、羽毛が生えています。黒い羽毛が擬態となって、うまく水のなかに隠れています。

一番の違いは、顔でしょう。その顔は鳥のものでした。鋭い長いクチバシが水面上に見えます。

この動物は、ヨシゴイから進化したものです。ヨシゴイは淡水域に生息する水鳥です。肉食で、魚類や昆虫などを食べます。そんなヨシゴイが、川辺の頂点捕食者として進化したのが、この動物です。ワニと同じように待ち伏せ型の狩りをします。ワニとの類似点をとって、「ヨシゴイワニ」と名付けましょう。

あゆむは、ヨシゴイワニの接近に、警告の声を発しませんでした。なぜなら、これで桜華が死んでくれれば、リストの名前を一つ減らせるからです。とても合理的な判断です。自分が死ぬのは嫌ですので、目立たないように少しずつ川辺から離れます。たとえ、ヨシゴイワニが出てきても、先に桜華たちを襲うだろうから逃げ切れるという判断です。

さて、あゆむの計画は成功するでしょうか？

「うわっ！　なんだあれ！」

残念。ヨシゴイワニが上陸する前に、幾久世が気づいてしまいました。

一同は逃げようとします。ヨシゴイワニも負けてはいません。水面を飛ぶように泳いで、長いクチバシを伸ばしてきます。

「あぁぁ！」

痛々しい悲鳴を上げたのは、眞理です。足首をクチバシにつかまれてしまいました。引き抜こうとしますが、強く引かれたため、倒れてしまいます。このままでは、川に引き込まれて溺れてしまいます。

「こいつ！　この！」

真美が蹴りますが、ヨシゴイワニには蛙の面に水です。

「どいて！」

幾久世が前に出ます。素晴らしく鋭いブレードを一振り。ヨシゴイワニの三分の一が切り裂かれました。酒匂川に大量の血が放出します。

「だいじょうぶ？」

桜華が眞理にかけよります。

「大丈夫よ。ちょっと、切っただけ」

と言いますが、足首の傷からは、絶え間なく血が流れています。真美はハンカチを取り出して、包帯代わりに眞理の足首に縛ります。

「やばい、なんか、集まって来てるよ！」

幾久世が警告します。流れ出た血につられて、周辺のヨシゴイワニが集まってきたのです。一刀両断された仲間の死体をむしゃむしゃ貪り食っていますが、人間のほうに向かうのは時間の問題でしょう。

五人の人間は、蜘蛛の子を散らすように、川から離れました。

「どうするんだよ！　いったい。おい！」

川から離れて一息ついたとき、幾久世は完全にパニクって怒鳴ってしまいました。

「落ち着きなさい。高秀さん！」

眞理が一喝します。

「川を見たとき、無事な橋があったわ。新幹線の線路よ」

そうです。酒匂川の河口近くには、東海道新幹線の橋梁が架かっています。その橋梁は、高さがあることもあり、川の水量が増加しても、崩落していなかったようです。

「けど、どうやって登るんだよ！　新横浜駅まで行けっていうのか⁉」

新幹線は陸橋を通っており、かなりの高さがあります。簡単には登れないでしょう。

策がなくなり、一同は、黙り込んでしまいます。

「あのぉ、ぼくに提案があるんだけどぉ……」

桜華が、おずおずと口を挟みます。

＊

「ここ、ホントに通るってのか⁉」

幾久世が叫びます。

陸橋から、新幹線が脱線した現場です。新幹線の車両は、橋にもたれかかるように、斜めに微妙なバランスを取って立っています。

桜華の提案は、脱線した新幹線のなかを通って陸橋に上がるというものでした。

「やるしかないでしょ！　もたもたしないで！」

眞理が厳しく叱責して、車両のドアに脚を踏み入れます。

「けど、この刃が邪魔で入れないよ！」

「あー、ごめんごめん。……はいはーい。これで、取り外すことができるよっ」

リアの声に従い、刃を持ち上げると、スッと取れました。かさぶたが外れるような感覚です。腕には、爪のように硬質化した皮膚が残っていました。

「これで、上がれるわね」

「……わかったよ。やりますよ」

しぶしぶながらも、幾久世は眞理の後を追います。

車両のなかは、変な匂いがしました。何日も留守にしていた部屋のニオイといいますか、ほこりっぽく、不快な感じです。

見上げると、眞理が座席を足がかりに登っていきます。幾久世も真似をして登り始めました。

「ひっ⁉」

脚に感触がありました。すばしっこく、温かく、小さいものが触れたのです。

ネズミでしょうか？　ぱっと見れば、ネズミのような小動物ですが、よくよく見なくとも違うことがわかります。

げんこつを二つ合わせたほどの大きさのフワフワのボール。そこから、小さな頭がちょこりと出ています。小さなクチバシとまん丸のおめめ。キュートです。ぬいぐるみならば、ぎゅーっと抱きしめたいところですが、あいにく、これは動物で、かなりきついニオイが漂っています。

現生の動物では、キューイに似ていますが、キューイに似て収斂進化した別の鳥です。もともと、湿原や草原に暮らすシギ科が飛べなくなり、ネズミなどのげっ歯類に似たニッチを占めた動物です。ネズミシギとでも名付けましょうか。

薄暗闇に慣れると、車両のそこかしこに、ネズミシギが巣くっていることがわかります。単独で見ると、まあまあかわいい動物も、集団になると気持ち悪いです。

座席の布は剝がされ、巣になっています。カバーにネズミシギが潜り込み、卵が産みつけられています。人工物を動物に破壊されるのは、本能的な嫌悪感を催します。

おまけに、このネズミシギ、人に対してまったく恐れません。幾久世が近づいても、じっとこっちを見てくるしまつです。椅子に手をかけると、近寄ってきて硬い脚先で調べてきます。身の毛がよだつほど気持ち悪いです。

「早く行くわよ!」

頭上から眞理の声がします。もう先の車両まで進んだようです。

「やれやれ」

幾久世は小さくため息をつき、筋力を振り絞って次の座席に足をのせます。

＊

陸橋の上にたどり着いたとき、幾久世は疲労困憊の極地でした。レールに体を横たえて、大きく息を吸います。

ほかの人々も、疲れているようでしたが、ただ一人、桜華だけは余裕のようです。

「さぁ、行くわよ」

眞理が、息も絶え絶えに立ち上がります。

「えー、もうちょっと、休ませてよ」

「ダメよ。あと少しで、太陽が沈むわ」

眞理の指差す先には、地平線に近くなった、大きな赤いお日様がありました。

「夜になったら、危険よ。それまでに学校に着かないと」

「ゴメーン。いま、タイムポータルは掘り出されて、小田原城に移動したみたい。言うの忘れてた、てへぺろ」

リアがふざけた言葉で補足します。

「……そうなの。けど、好都合ね。城なら小田原駅のすぐそばだわ」

眞理は一人で歩き始めます。あわてて、幾久世はついていきます。後ろでは、桜華が残りの人達を鼓舞する言葉を発します。

夕方になり、やっと涼しい風が吹いてきます。最初は気持ちよかったものの、運動したあとの汗が冷えて気持ち悪くなってしまいました。

陸橋の上のレールには、ところどころ木が生えていますが、土の部分が少ないためか、大きなものはありません。邪魔されることなく、歩くことができました。

足元には、サッサッと動く小動物の影が見えます。幾久世は気味が悪くて歩みを止めますが、眞理は気にせずに先に行ってしまいます。

「おい、待ってよ！」

急いで追いかけます。木がたくさんあるところでしたので、少しの間見失ってしまいましたが、すぐに見つけることができました。

「沖汐さん。先に行かないでよ。不安になるじゃん……」

話しかけた幾久世は、眞理が硬い表情をしているのに気づきます。

「どしたの……、そんな顔して……」

眞理が見ている方向に目を向けると、奇妙キテレツな動物がいます。これまでもだいぶキテレツな動物を見てきましたが、輪をかけてキテレツです。

驚くべきは、その大きさです。バス二台分の体長があります。その巨大な体を、両端にある脚で支えています。

前の四分の一ほどは、巨大な顔で占められています。肥大化した頭と、小さなクチバシと眼。頭を支える首は、ブツブツとした幾多もの突起物に覆われています。首には何十もの小鳥が止まっており、突起物をつついて血や内部の白い液体をすすっています。首元からは前脚が出ています。翼が変化したものなのでしょうか、羽毛が旗のようにはためいています。つま先は、ヒヅメのように硬化しているようです。胴体の上側は、芝生のように羽毛が生えていますが、腹は禿げ上がっています。後ろ脚は、鳥の脚の形状を保っていますが、五つの趾は完全に一体化しています。その背中には、大量の鳥が巣を作っていました。なかには、人間よりも大きな猛禽類もいます。

しかし、眞理が眼を見開いているのには、別の原因がありました。巨大鳥類の背中の上に哺乳類、人間がいたのです。人間は、意識を失っているのか、ピクリとも動きません。よくよく見ると、それは眞理の姉妹、沖汐愛理《あいり》でした。愛理は、眞理の双子の妹です。二人は仲がなかなか悪いということで有名でした。科学的思考をしないやつは人間ではないと信じる真面目な姉と、イマドキのファッションを知っていないやつは生きる資格がないと豪語する妹では、仲が悪くなるのは当たり前です。

仲の悪い妹ですが、巨大鳥類の背中の上で動かなくなっているのを見るのはショックでしょう。愛理は、どうやら、猛禽類に連れ去られてここまでやってきたようです。

「助けなきゃ……」

駆け出そうとする眞理の腕を幾久世がつかみます。凶暴そうな猛禽類がわんさかいるところに突撃するのは無謀と言うほかありません。

ここは策を練るべきでしょう。どのような作戦でしょうか。幾久世たちが考えているあいだ、あなたには、この巨大鳥類について説明しましょう。

この動物、実はハトが進化したものです。鳥類は恐竜の一グループにほかならないですが、恐竜のうちでもっとも巨大化したのは植物食の竜脚類です。この巨大ハトも、恐竜の進化史をなぞるようにして植物食特化型として巨大化しました。飛行能力を失い、二足歩行は翼を脚にすることで四足歩行になりました。

首のあたりのブッブツ、あれは素嚢《そのう》です。素嚢とは、雛に与えるためのミルクを作る器官です。喉のブッブッしたところに、食物を貯めて、分解してミルクを作るのです。ハトはこのミルクを吐き戻して雛に与えますが、ハトから進化したこの巨大鳥類は、皮膚の外へ分泌できるように進化しました。もちろん、自身の雛のためでもありますが、ほかの鳥にも分け与えているのです。自らの体を鳥の巣として提供しているのです。このように、他の鳥と共生することによって、敵から狙われるリスクが減り、おこぼれの食物ももらえます。自らの身体を、ミニ生態系として進化させたともいえるでしょう。

何事にも名前は必要です。では、この巨大ハトはなんという名前にしましょう。大きい鳥といえば、中国に伝わる伝説の鳥、大鵬《たいほう》が思い浮かびますね。そこからとって、タイホウバトはどうでしょうか。

さて、説明が終わったところで、人間たちのほうの用意ができたようです。

なんと、五人は、黄色い保守点検車両に乗っています。バッテリー駆動のため、まだ動くようです。いったい、こんなものを使って、なにをするつもりなのでしょう?

点検車両のエンジンがかかります。そのまま、タイホウバトのほうに突入していきます。

タイホウバトは、レールに交差するように立っています。車両は、脚と脚のあいだをめがけて走り込んでいるようです。

「愛理!」

眞理が立ち上がり、愛理をハトの背から引きずり落としました。猛禽類が怒りますが、桜華がゴルフクラブを振って威嚇します。

点検用車両は、ハトのお腹をかすめるように通り抜けました。

「愛理! 愛理! 大丈夫なの!?」

と眞理は声をかけますが、返事はありません。

それもそのはず、愛理の首筋からはべちゃーと血が出ています。

これは致死量の血です。

たいへん悲しいことですが、愛理は死んでしまったようです。

悲しいニュースの一方で、喜ぶべきニュースもあります。あなたは新しく人の名前を覚える必要がなくなりました。記憶容量がいっぱいなのであれば、沖汐愛理の名前は忘れてしまってかまいません。

日常生活の細々としたことを覚える上で、脳の容量を保っておくことはとても大事です。

さあ、彼女の名は忘れましょう。

6　国道一号線沿い

このお話では、これまでたくさんの登場人物が出てきました。あなたは、脳を駆使して、彼女たちの内面を想像して、共感して感情移入しなければいけませんでした。

もうたくさんだと、あなたは思っているでしょう。脳がクタクタだと悲鳴を上げているかもしれませんが、あと少しだけ頑張ってください。もうすぐ、すべての登場人物がコンプリートされます。

さて、栄《は》えある最後の登場人物は、天沢千宙です。この人物は重要ですので、脳を最大限に駆使して名前を覚えてください。

では、これから、彼女の特徴を述べますので、順次想像してください。

①髪は黒い。真っ黒い。

②前髪はスパッと真っ直ぐ切ってぱっつん風で、触角ヘアーにしている。

③大きな眼が特徴。だが、瞳孔が大きく、愛嬌がない。

④いつも緊張した顔をしている。表情筋が硬い。

これくらいを想像していただければ、十分でしょう。体形は少し痩せ型ですが、おおむね平均値に入ります。

千宙の外見を想像してもらったところで、彼女の現状を想像しましょう。彼女は死にかけています。なぜならば、実家が泥のなかへと沈んでいるからです。

千宙の実家、それは、温泉旅館でした。箱根は温泉地であり、たくさんの温泉宿があります。千宙の家はそんな無数の宿の一つでした。

旅館の経営者は常に安い労働力を探し求めています。もっとも安い労働力は、自身の子供です。「お手伝い」「修業」という名目で、無料で働かせ放題。ご多分に洩れず、千宙も幼いときは無料労働力として利用されていました。その結果、彼女の精神は破壊されました。いまでは、ほとんどの時間を部屋に引きこもっているしまつです。

千宙は、親が経営している旅館を心の底から恨んでいました。徹底的に破壊されることを望んでいました。

いま、願望が叶えられようとしています。宇宙リライトによって親は原猿類に変わり、宿は大量の泥に沈みつつあります。

なぜ、沈んでいるのでしょうか？　温泉が大量に湧き出したからです。温泉地なのだから、温泉が湧き出すのは当たり前ですが、あまりにもたくさんの量が出てきたので、泥の混じり合う、熱湯の沼ができたのです。

ホカホカの泥が、家のなかへと入り込みます。千宙は二階に逃げます。建物の基礎自体が沈み、泥が押し寄せます。千宙は屋根の上に逃げます。それでも、ゆっくり家は沈んでいきます。もう逃げるところはありません。

千宙は死を覚悟しました。死んで無となる。それが彼女の望みでもありました。温泉につかって死ぬのですから、これほど気持ちの良い死に方はないでしょう。

そのとき、エンジン音が聞こえました。湯気の向こうに、黒い巨体が動いています。巨体は千宙の前に止まります。湯気でぼやけていましたが、いまははっきりその正体がわかりました。バスです。

車体には、白い文字でこう書かれています。

『NINJA BUS WATER SPIDER』

ニンジャバスです。ニンジャバスが助けにきてくれました。

ここで、芦ノ湖からバスがどのように走ってきたかについて確認しておきましょう。

箱根町港あたりで、早紀と純華を乗せたニンジャバスは、北へと進路を決めました。まず、北上し、それから箱根登山鉄道に沿って下山して小田原へと至ろうと考えたのです。

それは、国道一号線を使えば可能でした。箱根の温泉街に国道一号線を通すことになったのは福沢諭吉の判断でしたが、それがいまになって功を奏したわけです。

ニンジャバスは奇怪な森を抜けて走ります。宇宙リライトによって森が出現しましたが、火山活動も活発になっているらしく、箱根の山々の火口から煙がモクモクと大放出されています。遠くから爆発音も聞こえてきます。噴火しているのでしょう。

こんな不気味な場所、一刻も早く出たいはずですが、バスは進路を変えて森のさらに奥に入っていきます。

なぜでしょうか。リアの助言があったからです。「この先に千宙ちゃんがいるから助けにいこう」とかなんとか、そんなことを言ったのです。

バスは千宙の実家の温泉旅館に向かいます。山の上にあるため、道は上り坂となります。いや、道とはいえません。むしろ川です。濁った温泉のお湯が、どんどん流れてきます。濁流です。

ニンジャバスは、そんなことには負けません。エンジンをフルパワーにして、温泉の川のなかを進んでいきます。

山頂に着き、川は沼となりましたが、ニンジャバスは止まりません。スクリューを回して、進み続けます。

そうして、千宙のところへと到着したわけです。

「やっはー！　チヒロン！　助けにきたよー」

小夜香が腕を伸ばして千宙をつかもうとします。

さあ、あなたの能力を発揮しましょう。千宙の内面を想像して、共感して感情移入しましょう。このとき、彼女は何を感じていたでしょうか？

答えは「うるさい、死ね」です。

せっかく、死ぬことを決意できたのに、中途半端なときに来るな、馬鹿にしているのか？　と思ってしまったわけです。

一番最初に顔を見せたのが小夜香だということも災いしました。千宙は小夜香が嫌いだったのです。なんだかよくわかりませんが、顔や表情や仕草や話し方や立場や言葉がすべて嫌いでした。もしも、ここで幾久世が来たのであれば、喜んでバスに乗ったでしょう。

しかし、小夜香はダメでした。

「おーい、チヒローン。そこは危ないよ〜」

そう言って、小夜香が二の腕を引っ張ります。千宙は、人形のようにされるがまま、バスに引きずり込まれます。

「こんなやつ、助けなくっていいのに……」

月波が小さくつぶやきます。他の人には聞こえていませんでしたが、千宙には聞こえていました。

「さーて！　出発しんこー！」

朗らかな声とともに、小夜香が車掌を真似たジェスチャーをします。

月波がスクリューのエンジンをかけようとします。

がががががががが!

おかしいですね。変な音が響いてきて、エンジンがかかりません。

月波は顔をしかめてレバーを押したり引いたりしていますが、努力は無駄のようです。

早紀と純華が月波に声をかけていましたが、千宙は特になにもせずに泥を見ていました。

その泥から、六本の短い棒がにゅっと出てきました。

棒には、棘のようなギザギザが無数についています。

特に興味もわかずに、棒をぼうっと見ていると、棒が浮上して下にあるものが見えてきました。甲羅です。亀のような、六角形の模様に覆われた巨大な甲羅です。棒は、甲羅の隙間から生えているようです。

甲羅が浮上してくると、その生き物の全体像がわかりました。体長が二メートルほどの巨大な亀のように見えますが、前脚がありません。後脚の先には、自身の体長ほどもある大きな水かきがついており、それで泥を蹴って進んでいるのです。甲羅の前からは、ヘビのように細長い首がにょろにょろっと出てきます。口は、例によって例のごとく、クチバシでした。

この動物は、ツルが温泉地帯の泥の沼に適応して進化したものです。不格好に見える外見も、ある程度合理的に説明できます。トゲトゲの棒は、熱を体外に放出するためですし、甲羅は浮力を保ちつつ熱湯から身を守るためのものです。このように、温泉地特有の進化を遂げたこのツルを「オンセントゲトゲヅル」と命名しましょう。

オンセントゲトゲヅルは、ニンジャバスに首を入れて千宙に噛みつこうとします。これには彼女もびっくり仰天。

「ぎゃぁっ！」

「まかせて！」

早紀が槍で突こうとしますが、オンセントゲトゲヅルは危険を察知して首を甲羅のなかに入れてしまいました。甲羅はさすがの槍でも貫けません。固いからです。

「こいつっ！」

純華が甲羅を殴りますが、まったく意味がありません。手がじーんっと痛くなるだけの、骨折り損のくたびれ儲け。

「おい、神木！　まだエンジンかからないのか⁉」

「いまやってるよ！」

純華と月波の言い合いを、千宙はぼうっと見ていました。他にやることがなかったからです。

「なんかはさまってるんじゃない？　見てくるよ」

と言ったのは小夜香。躊躇せずに泥のなかへと飛び込みます。有言実行とはまさにこのことでしょう。

「これがあったよ〜」

一分後、そう言って戻ってきました。手に持っていたのは死体です。小さなオンセントゲトゲヅルがスクリューにはさまっていたのです。

あまりにも熱すぎる泥に入ってしまったためか、小夜香の皮膚は、全身真っ赤にやけどしています。大丈夫なのでしょうか？

「タイムポータルに入れば、身体替わるから大丈夫じゃない？」

と本人が言っていますので、大丈夫でしょう。

これで、スクリューの回転をはばむものはなくなりました。さあ、レッツゴーです。ニンジャバスでつっ走りましょう。

「動けぇぇぇぇぇぇ！」

月波は叫んでレバーを引きます。

ぐぉんぐぉんぐぉんぐぉんぐぉん！　景気よくスクリューがぐるんぐるんと回ります。

ニンジャバス、発進！

＊

ニンジャバスが走ります。国道一号線を走ります。

ニンジャバスのパワーはすごいです。これまでの活躍から、皆が「この偉大なバスに乗っていれば安全だ。このバスが守ってくれる」と思い始めた頃。

どどどどどどどどどどぉぉぉぉぉぉぉぉぉぉん！

爆発音が響きました。

「なんなの！」

早紀が叫びます。その答えは、すぐにわかりました。

空を、灰色の煙が覆っているのです。小田原市民および箱根町民ならば、それが意味することを瞬時に理解できます。

噴火です。箱根の山々は活火山で、いつ噴火が起こってもおかしくないのです。

また、爆発音が聞こえます、それとともに、地面が揺れます。

斜面から、巨石がごろんごろんと転がってきます。月波は急ブレーキをかけて、危うく避けます。

道路にひびが入ります。地割れです。地面からは、熱い水蒸気が噴き出しています。

「ルナっち、バス出したほうがいいよー」

助手席に座った小夜香が呆然とする月波の脇を肘でつつきます。

地割れは、拡大しつつありました。このままだと、脱出できなくなります。

さらに、硫黄の刺激臭が強まります。

「まずいぞ！　ここは峡谷だ。火山性ガスが溜まる！」

純華の言うとおりです。ニンジャバスが位置しているのは、駒ヶ岳《こまがたけ》と浅間山《せんげんやま》と二子山《ふたごやま》に囲まれた峡谷地帯ですので、噴火すれば有毒のガスが溜まる場所です。

「ええい！」

アクセルを蹴るように踏み込み、バスを動かします。

月波のハンドルさばきはものすごいものでした。ゲーセンで培った運転能力は伊達《だて》ではありません。落石を避け、幅の狭い地割れを見つけて、斜面を利用してジャンプします。

大量の水蒸気で視界はもはや真っ白ですが、勇気を振り絞ってアクセルを踏み続けます。

月波とニンジャバスは一心同体になっていました。小田原市民である彼女の血には、ニンジャの力が秘められていたのでしょう。ニンジャの力で、火山の脅威を避け続けます。

ニンジャ対火山。小田原・箱根地方の象徴ともいえる二つの力が激しくぶつかります。

峡谷地帯を抜けていきます。湯気が消え、刺激臭も薄くなって、一安心……とはいきませんでした。

「火砕《かさい》サージよ！」

早紀が警告します。火砕サージとは、噴火の際に出るガスや細かい粒子が空気と混ざり合って勢いよく下方へと流れ出す現象です。非常に高温で、巻き込まれたらひとたまりもありません。人間は死んでしまいます。唯一の希望があるとすれば、到達距離が短いということでしょう。密度が低いため、地面に落ちやすく、最大でもせいぜい五キロメートルほどしか届きません。一般的には聞き慣れない言葉かもしれませんが、小田原・箱根地方に住む一同はその危険性を知っていました。

山の頂上が灰色の煙に覆われます。煙は水のように、一気に斜面を下ってきました。高温のガスが充満し、樹々はなぎ倒され、山肌が一挙に焼かれます。あのなかに入れば、ピカピカの白骨死体になって人生を終えられるでしょう。

「あがががががががが！」

月波はわけのわからない叫び声を上げてニンジャバスを急加速させます。白骨死体になって人生を終えたくないという一念で、車を操ります。

ドドドドドドド！　火砕サージと一緒に、温泉と砂利が混じり合った熱泥流が降下します。

ガガガガガガ！　噴石が雨あられと降ってきます。

ババババババ！　いたるところで、木の枝が発火していきます。

ジュバジュバジュバジュバ！　地割れから温泉が噴き出してきます。

地獄絵図のなか、ニンジャバスは進みます。右へ左へくねる道を曲がりに曲がって進みます。一同は振り落とされまいとしながら、必死に椅子にすがりつきます。

いつの間にか、風景が変わってきました。森のなかに、いくつかの廃屋が見えるようになったのです。

これは、駅が近づいてきたということです。交通の便が良い駅前は、たくさんのホテルや旅館があります。それらの建物が廃墟となっているのです。

駅があるところには、線路があります。箱根観光の大動脈、箱根登山鉄道の線路です。蔦が絡まった黄色い遮断機があります。踏切です。月波は、遮断機を破壊してニンジャバスを線路に侵入させます。向かうは東側です。

間一髪でした。火砕サージは、北側へと降下していったのです。東に逃げるにつれて、噴石も少なくなっていきます。

ようやく危機を脱したと、月波は深呼吸しました。

「ふう、もう安心……うわぁぁぁぁぁぁぁぁぁ!?」

苦難は続きます。焼けただれた森から逃れるためでしょうか、動物の群れが線路に出てきたのです。

先ほどのオンセントゲトゲヅルと基本的には似たような形態の動物です。ただし、トゲはなくなり、甲羅は新幹線やミサイルのような流線形となり、脚は長く太く筋肉質となり、水かきはコンパクトですが肉厚になっています。そして、目につくのが、色とりどりの長い尾羽です。甲羅の尻から、自身の体長と同じくらいの、フリフリの飾りがついている尾羽が生えてきているのです。三叉に分かれており、赤と青と緑という原色に彩られております。

この動物、オンセントゲトゲヅルの仲間から分岐して進化したものです。オンセントゲトゲヅルは、泥沼に適応しましたが、こちらは陸上と淡水域で暮らしています。コンパクトで肉厚の水かきは、地上を走るのに役立つのはもちろん、水上すらも走れるのです。長い三つの尾羽は、重心を安定させてバランスをとるのに役立ちます。

この動物をなんて名づけましょうか。オンセントゲトゲヅルから分岐しましたが、モチーフとなる肝心のトゲがありません。「トゲナシオンセントゲトゲ」とでも命名しましょう。

トゲナシオンセントゲトゲは、大量に出てきました。ニンジャバスの右に左に前に後ろに並列して走ります。車と同じくらいの速度が出るようです。

「邪魔邪魔邪魔邪魔邪魔！」

月波が毒づきます。無理もありません。前方がトゲナシオンセントゲトゲの群れに遮られて、安全確認できないのです。車は安全に運転しなければいけないのです。

どじゃぐじゃぶちゃべちゃ！　ニンジャバスがトゲナシオンセントゲトゲを容赦なく踏みつけ、粘度がある赤い液体にします。フロントガラスにべたぁーっと塗りたくられます。

こういうときは、ワイパーを動かし、きれいに掃除するのが一番です。

月波はクラクションをぷっぷっぷー！と鳴らして追い払おうとしますが、効果なし。

逆に、パニックになって車内に入ってこようとします。

「へーい！　しゅーてぃんぐ！」

小夜香が空気銃をぶっ放してトゲナシオンセントゲトゲの頭をぶち抜きます。いろいろなぐちゃぐちゃしたものが盛大に飛び散って一同の頭からかかってしまいます。これを落とすためにだいぶクリーニング代はかかりますが、いまそんなことを悩んでいるときではありません。

小夜香は皆さんに空気銃を配ります。これで、何羽ものトゲナシオンセントゲトゲの頭を破壊することができます。時間制限なし、破壊し放題！

十五羽ほどのトゲナシオンセントゲトゲの頭を破壊し、さらに、三十羽ほどをタイヤで踏み潰した頃、やっと前が見えるようになりました。これで安全運転ができます。

気づけば、箱根湯本駅を過ぎていました。箱根町の端っこになります。次の、入生田《いりうだ》駅からは小田原市になります。

「はーい！　リアちゃんナビだよっ！　そろそろ、右手に、ミカちゃんとしおりちゃんが見えるから、ピックアップするのをオススメするよ～」

リアの言うとおりです。これまでのお話を思い返してください。ミカとしおりがいたところはどこでしょうか？　そうです。神奈川県立生命の星・地球博物館でしたね。実は、その博物館は入生田駅のすぐ横にあるのです。

7　ふたたび神奈川県立生命の星・地球博物館

では、ミカとしおりが何をしているのかを見てみましょう。あなたの想像上のカメラは、ふたたび、神奈川県立生命の星・地球博物館のなかへとテレポーテーションします。時間も少し戻しましょう。そして、再生し、早送りにします。二人がどのような行動をとったのかをダイジェストで見ていきましょう。

「うわぁぁぁぁぁぁぁぁぁぁぁぁ！」

ミカは叫んで、逃げ回っています。早送りですので、その声は高いです。彼女の背後には、あの巨大肉食鳥類フォルスラコスが迫りつつあります。

あっ！　ミカが転んでしまいました！　こんな肝心なときに転ぶとは、ダメダメです。フォルスラコスの内面を想像して、共感して感情移入すると、「しめしめ」と思っているに違いありません。「これでディナーの始まりだ」とか。

「リアさん！　助けてください！」

しおりがミカの前に出て、腕を広げました。その姿は「無謀」という二文字を象徴しているようです。あるいは「蛮勇」かもしれません。いずれの文字にしても、結果は変わらないはずです。つまり、鳥のディナーになるという結果です。

そこに、気の利いたリアが、しおりの遺伝子発現を変更してくれます。しおりはトゲトゲになります。異常に骨の生育スピードが増えて、皮膚を突っ切って内部から鋭い骨が全身に生えてきたのです。

そんなしおりが突進してきたのだから、フォルスラコスはイタイイタイ。思わず叫んで倒れてしまいます。

「いまの……、うちに……、にげ……て」

しおりは息も絶え絶えです。全身のカルシウムを骨の急成長に使ったため、意識を保つのがやっとなのです。

ミカの返答は、「友達をおいてけるわけないよ!」というものでした。しおりの肩を抱えて逃げます。フォルスラコスは、傷を負ってうめいていますが、立ち上がって二人を追い始めます。

神奈川県立生命の星・地球博物館の常設展示室は、一階から三階にエスカレーターで上がるという構造をしています。二人は「地球が生んだ多様な生物種」というコーナーを走ります。さまざまな化石があります。後期デボン紀の地層から見つかった魚のユーステノプテロンや、原始的な爬虫類メソサウルス、ペルム紀に生息した羊膜類に近いディスコサウリクスなどが展示されたのちは、いよいよみんな大好き恐竜です。

巨大なティラノサウルス・レックスやディプロドクスの復元骨格の足元を通って逃げます。フォルスラコスが追ってきますが、大きすぎて隙間に入れません。しかたなく迂回します。

稼いだ貴重な時間を利用して、「ゾウの進化」コーナーを走ります。ゾウが進化していきます。モエリテリウム、パレオマストドン、ゴンフォテリウム、マンモスと時代を下るにつれて巨大になり鼻が伸び、牙が丈夫になっていくことがわかります。ミカとしおりは、そんな説明文を読む余裕はありません。

さあ、早送りをさらに早めましょう。二人は止まったエスカレーターで三階に上がります。「神奈川の自然を考える」コーナーです。神奈川の大地の成り立ちや、相模湾に生きる多様な生物といった展示が並んでいますが、鳥に襲われながら見るようなところではありません。

地球環境問題や人類の未来についての「自然との共生を考える」コーナー、世界各国から採集された標本を「実物百科図鑑」として展示する「ジャンボブック」コーナーを通って、やっと出口へと続く階段が見えます。

「あああああああああ！」

ミカはしおりを抱いて転げ落ちるように階段を下ります。トゲトゲのしおりを抱いているのですから、ミカの皮膚も傷だらけです。それでも、アドレナリン大放出で痛みを感じません。

フォルスラコスも負けていません。初めて見るはずの階段を、器用に下りています。

ヒト対トリの大運動会です！　勝つのはどちらでしょうか？

最初にゴールにたどり着いたのはヒトのほうです。いや、ゴールといっていいのかわかりません。ゴールテープがあるわけではないのですから。博物館の出口をゴールといえばゴールです。

ところが、フォルスラコスはそんなこと知ったことではありません。鳥ですから。ゴールがどこかなんて関係ありません。ただ、獲物にクチバシを打ち付けるだけです。

ミカの背中に、クチバシが迫ります！　嗚呼、なんてことでしょう。このまま、ミカは鳥のディナーになってしまうのでしょうか？

どしゅっ！

誤解なきよう。この音は、ミカがやられた音ではありません。まったくの逆、正反対、百八十度違います。

やられたのは、フォルスラコスのほうなのです。

どういうことでしょうか。あなたの想像上のカメラに映った画像をよく見てください。

別の動物が、フォルスラスコスを食べているのです。

どういう生き物でしょうか？

これまた奇想天外な動物です。基本的な形態は、トゲナシオンセントゲトゲと同じです。甲羅から頭が出ています。ところが、この動物は、トゲナシオンセントゲトゲのように脚で立っておらず、甲羅を地べたに滑らせて移動しています。

では、脚はどうなっているのかというと、前側に出ているのです。いや、脚と形容するのはふさわしくないでしょう。まるで、ギザギザのノコギリや、クワガタのアゴのようです。ところかまわず痛そうなトゲトゲがついています。トゲトゲにはかえしがあり、一度突き刺されれば、離れることは容易ではないでしょう。三叉に分かれた脚先は、水かきはついておらず、ナイフのように硬化しています。この脚、いや「アゴ」は、獲物を捕まえるための器官なのです。

脚なしでどのように動いているかというと、尾羽によってです。三つの尾羽が、シャクトリムシのように地面を蹴って胴体を移動させているのです。甲羅の下方には、橇《そり》のような溝がいくつか走っています。摩擦を小さくするための仕掛けでしょう。

クチバシは、人間の腕ほどの長さがあります。凶暴な印象を与えます。そのクチバシで、フォルスラコスの内臓をついばんでいるのです。

この動物は、トゲナシオンセントゲトゲから分岐して、川辺に潜みつつ大型動物を狙う待ち伏せ型ハンターとして進化したものです。アゴがトゲトゲしていますので、「トゲトゲトゲナシオンセントゲトゲ」と名付けておきましょう。

ミカとしおりは、トゲトゲトゲナシオンセントゲトゲから距離をとるために後ずさります。トゲトゲトゲナシオンセントゲトゲは鳥の肉を味わうのに夢中で、哺乳類のことなど眼中にないようです。

これなら、逃げ切れるかもしれない！　そう思った二人を、悪夢が襲いかかります。大量のトゲトゲトゲナシオンセントゲトゲがうろうろしていたのです。

神奈川県立生命の星・地球博物館の裏には、川があります。早川です。宇宙リライトによって、早川の川幅は広くなり、浅瀬が広がっています。そこに、トゲトゲトゲナシオンセントゲトゲの群れが居座っていたのです。

群れは二人に気づき、わらわらと向かってきます。

もう絶体絶命です。二人の命は風前の灯。ディナーになる運命です。

ぐちゅ！

誤解なきよう。この音は、ミカとしおりが殺された音ではありません。まったくの逆、正反対、百八十度違います。

殺されたのは、トゲトゲトゲナシオンセントゲトゲのほうなのです。

よく見てみましょう。黒い立派なタイヤが、トゲトゲトゲナシオンセントゲトゲの首を轢《ひ》いています。

そうです。ニンジャバスです。ニンジャバスが助けにきてくれたのです。

「ヘロー、お二人さーん。乗りなよ」

小夜香が手を伸ばし、二人をなかに入れます。

「ルナっち、出発だよ！」

「まかせろ！」

もはや、ニンジャバスの運転は月波の得意分野です。迫りくるトゲトゲトゲナシオンセントゲトゲをなぎ倒して殺戮《さつりく》しながらバスを進めます。

目指すは、小田原城です。

＊

さあ、あなたの想像上のカメラを、どんどん上空に上昇させてください。そして、このお話に出てくる小田原市民や箱根町民たちがいる位置を、オレンジ色の点で表しましょう。

最初は十七の点がありましたが、二人死亡したので十五の点があります。

神奈川県立生命の星・地球博物館の前に七つの点があります。小田原駅近くの新幹線の線路の上に五つの点があります。そして、小田原城に三つの点があります。

すべての点が徐々に小田原城へと移動します。どうやら、無事に十五人は合流できたようです。よかったですね。

あれれ。十五の点が消えました。皆さん死んでしまったのでしょうか？

いいえ、ご安心ください。この時代から、彼女たちの精神がいなくなっただけです。消滅したわけではなく、過去にタイムトラベルしたのです。

あなたもまた、タイムトラベルしましょう。想像上のカメラを、過去に移動させるのです。

中生代白亜紀末期、六六〇〇万年前の世界へ。

第二章　暗黒脳《ダークブレーン》

8　「わからなさ」

タイムポータルを通って、小田原市民や箱根町民の精神が、六六〇〇万年前の白亜紀末期に輸送されています。量子場である意識が、遺伝子時間情報流に乗って過去に送られるのです。

あなたの想像上のカメラは、彼女たちよりもいち早く時間移動しました。

想像してみてください。いまの時代は白亜紀です。青々とした大空には翼竜が飛び回っています。地面には、進化の新参者である被子植物が花を咲かせており、トリケラトプスの群れが葉《は》を食んでいます。まばらに見える枝には、鳥の姿も見えます。現生鳥類とは血のつながりがない絶滅鳥類エナンティオルニス類ですが、歯が残っているなどいくつかの細かな特徴を除くと現生鳥類に瓜二つです。

林のほうに行ってみましょう。トリケラトプスたちから離れて、少し移動すると、一角に奇妙なものがあることがわかります。高さ数十メートルはある球根のような茶色い大きな塊です。その表面は、固いがなめらかであり、樹の幹と動物の皮膚の印象を併せ持っています。

これは、この時代のタイムポータルです。リアは宇宙リライト災害を防止するために、このようなタイムポータルを各時代に配置しているのです。今回の宇宙分岐点の時代に最も近いタイムポータルに、鉄砲玉となる人間の情報を送り込みました。

タイムポータルは一種の生物学的3Dプリンターでありまして、送られてくる情報をもとに生物を再構成することができます。

表面から、ボコボコと泡のような膨らみが生まれています。未来からの情報が再構成されているのです。

膨らみの一つに亀裂が入り、割れました。なかから出てきたのは人間です。次々と割れて、たくさんの人間が出てきました。未来からやってきた小田原市民および箱根町民の皆さんですね。

前回のどうデス第一回戦では、裸のまま平原に投げ出されていましたが、今回はリアの心遣いで服を着て再構成させてもらえました。

よろよろと立ち上がった彼女たちは、ある二つの違和感を覚えます。小さな違和感と、大きな違和感があります。

先に、小さな違和感のほうを述べておきましょう。「体が軽い」というものです。毎朝のことを思い出しましょう。お布団から立ち上がるのは、「どっこいしょ」と声を上げなければいけないほどの一苦労です。

ところが、彼女たちは、やすやすと立ち上がることができました。まるで、上から持ち上げられているみたいにするすると体を動かすことができます。

これが指し示すことは一つしかありません。重力が小さいのです。この時代は、現在よりも地球の重力が小さかったのだと結論づけるしかありません。

「そんな馬鹿な。物理学の基本法則が破られてしまう。重力定数が可変であるというのか」というような疑問が浮かぶと思います。しかし、観測結果は無情です。事実がそうなのですから、認めるしかないでしょう。

もっとも、そのような物理学上の大発見に、小田原市民および箱根町民の皆さんがびっくりしたかというと、そうでもありません。それよりも、ずっと巨大な違和感に襲われたからです。

その感覚を、どう表現すればよいのでしょうか。難しいですが、いままで、彼女たちの内面を想像して、共感して感情移入してきたあなたにならば可能でしょう。

それは一種の実存的危機です。

あなたは、これまでに、とてつもなく退屈な、ひとかけらたりとも面白いところがない、小説や漫画や映画やアニメやドラマや演劇などのフィクションを読んだり、見たりしたことがありますでしょうか？　読み続けること、見続けることが苦痛そのものというフィクションを。

どんなところが、退屈でしたでしょうか？　その多くの特徴に「登場人物《キャラクター》の言動に生き生きとした感じがない」ということがあると思います。

この点を、もう少し考えましょう。「生き生きとした感じがなくなる」というのは、どんなことが起こっているのでしょうか？

一つの考え方として、**理由の力**がなくなっているというものがあります。

キャラクターたちは、ただ単に行動したり、言葉を発したりするわけではありません。その背後には理由があります。理由の力があって、初めて行動や言葉に生き生きとした感じが生まれるのです。

また、その理由は、単独で存在しているのではなく、適切な結びつきを介したネットワークとなっています。キャラクターたちが、この理由ネットワークの力によって動かされることで、生き生きとした感じが生まれ、リアルで魅力的となります。

つまらない、退屈なフィクションには、理由ネットワークの力が欠けています。

勘違いしやすいポイントですが、「理由の力に欠いている」ということは、単に「理由がない」ということではありません。つまらないフィクションのキャラクターにおいても、多くの場合は理由が設定されているのです。ところが、その理由は力のない理由、理由もどきなのです。そのキャラクターたちが持つと設定されている理由は、理由もどきですから、本来の力がありません。理由とは別の要因で動いているのですが、理由に擬態した理由もどきを設定されて、あたかも理由の力で動いているかのようにカモフラージュされているのです。

このような、「理由の力が欠く」という事態に、ミカたち一同、小田原市民および箱根町民の皆さんも直面しました。自分のなかにさっきまであったはずの理由に力が感じられなくなったのです。一瞬にして、「理由」は「理由もどき」になってしまったのです。

自分がどうして行動してきたのか、会話してきたのか、それがまったくわからなくなってしまったのです。胸のなかに、ぽっかりと、大きな穴ができたようなものです。大きな大きな「**わからなさ**」が黒々と浮かんでいます。

災難ですね。

そんな、とても大変なことは、どのように起こったのでしょうか？　リアが推測を述べます。

「きっと、**時間疎外**が起こったんだよ。トリ宇宙の万物根源のほうが、ヒト宇宙の万物根源よりも強力で、時間の幹がトリ宇宙のほうになっていて、ヒト宇宙は枝時間になっている。だから、所属している時間が疎外されて、現実に生き生きとした感覚を覚えることができなくなっちゃったんだよ」

なんとも、抽象的で、あいまいな説明ですね。超知能を持つシンギュラリティＡＩならば、もっとはっきりとした分析をやってほしいですね。

「まあ、こんなこともあるけど、人類の進化史を守るためだよねっ。頑張ろう！　えいえいおー！」

その声で、皆さんはこの時代に来た理由を思い出しました。「変わってしまった宇宙をもとに戻すため」です。その理由に至るための、もっとパーソナルな各人それぞれ固有の理由も思い出しました。家族を救うためとか、普段の生活に戻るためとか、あるいはゲーム感覚で楽しむためとか。

それらの理由ネットワークは、ほぼ力を失っていました。理由もどきに成り代わってしまっていました。けれども、ほんのわずかな理由が、残っていました。まるで、停電になり、電力供給が途絶えたが、バッテリーのなかにわずかな電力が残ったという状況のようなものです。

皆さんは、ほんのわずかに残った理由をリソースにして、行動に移ります。

とりあえず、林のなかにいても埒があきませんから、移動をしましょう。情報を探りましょう。自分の足で現場を歩かないことには、始まりません。

林のなかは、周囲がよく見えないため、皆さんは林の外に出ようとします。ナビゲーションは、リアがやってくれました。便利ですね。

五分ほど歩くと、林を抜けました。そこには、真っ白い砂が広がっていました。波のざわめきが聞こえます。どうやら、ビーチのようです。

ビーチはビーチですが、普通のビーチとは違うところが二点あります。

一点目は、海の色です。普通の海は青いですね。さまざまな歌唱曲でも、その青さが表現されています。

ところが、目の前に広がる海は青くないのです。赤いです。白い砂浜とコントラストをなすように、真っ赤な海が広がっています。

気味が悪いですが、この色は、実は、合理的に説明できます。

「シアノバクテリアが急激に増殖したんだねっ。赤潮の大規模なやつだよ。地球が温暖化して海洋が無酸素化していた中生代では、よくあったことなんじゃないかな?」

とリアが説明してくれます。

一方で、もうひとつの異常点は、さすがのリアでも説明できないようです。

それは、沖合にありました。

塔です。高い、高い、高い、とてつもなく高い塔です。

白い大きな塔が海中からそびえ立っているのです。明らかに、白亜紀にあってはいけないはずのものです。

塔が存在することがすでに異常ですが、その塔自体もまた、異常でした。

視力が良い人であれば、その塔の異常さがわかったでしょう。人間のどんな建築様式にも当てはまらないものだったのです。

それもそのはず、素材からして根本的に違うのですから。

その塔は、石や粘土やレンガやコンクリートや金属で作られていませんでした。

卵です。卵で作られていたのです。

いくつもの、無数の卵を、結合させて作った塔が、赤い海から生えているのです。

9　卵の塔

卵の塔はとても奇妙な建築物です。それは、普通であれば「あっけにとられて思わず見入ってしまう」という行動に至る美的な理由を提供するのに十分なものです。

しかし、理由は力を失ってしまいました。一同は、「あっけにとられて思わず見入ってしまう」ことはせず、ただ見ているだけでした。

それから、三時間が経ちました。

太陽が沈み、夜になりました。

照明のないこの時代の夜は、真っ暗闇だと想像しているのかもしれませんが、それは正しくありません。

昼よりも暗いですが、一寸先は闇という状況ではありません。周囲のものがなんとなく見えるくらいの明るさが保たれています。

夕方頃から、空に光が広がって、うっすらと地面を照らしているのです。

その光は二種類に分かれます。第一の光は、天空をつなぐ線です。白い線が、空を区切るように東から西へとまっすぐ描かれているのです。大空に、糸が通されているような感じです。

第二の光は、無数の青い光です。空の全面に、「ピカッピカッ」とまんべんなく光が放たれているのです。

オーロラでしょうか？　それとも、流星群でしょうか？　そのどちらでもないようです。

なぜならば、上空だけでなく、海の表面でも、淡く青い光が浮かんでいるからです。

謎です。

謎の光は置いておいて、小田原と箱根から来た皆さんが何をしているのか見てみましょう。あなたの想像上のカメラを、もう一度林のなかへと移動させましょう。

闇のなかに、黒々として見える巨大なタイムポータルがあります。タイムトラベラーの皆さんは、ビーチから帰ってきて、あのなかに入り、寝ているのです。

タイムポータルは、生物を再構成する3Dプリンターであるのと同時に、既存の生物の遺伝子発現を変更させることができます。前回のどうデス第一回戦では、この機能を使ってとても便利な生体戦車「どうぶつ戦車」を作り上げていましたが、今回はそれが不可能になりました。おそらく、前回の敵であったネコ宇宙よりも、今回の敵であるトリ宇宙が強力であるため、どうぶつ戦車の情報がハッキングされ、破壊されてしまったのでしょう。そのため、手持ちの生物を改造して使わなければいけません。

手持ちの生物とは、人間です。皆さんがタイムポータルのなかで寝ているのは、自らを肉体改造するためなのです。

卵の塔は、明らかに鳥類の異常な進化に関係してそうです。あの塔を調べなくてはいけません。ところが、塔は高く、素材はスベスベですので、たとえプロのボルタリング・インストラクターであろうとも、登るのは苦労しそうです。また、塔の頂上が見えないということは、少なくとも成層圏以上に達しているということでしょう。そんな高いところに登ったら、風邪をひくどころではなく凍死してしまいます。

そこで、卵の塔に登るための、適切な肉体になるために、皆さんはタイムポータルに入ったということです。

一晩ほど経てば、立派な肉体が出来上がっていることでしょう。

＊

朝になりました。

タイムポータルから、ワラワラと皆さんが出てきます。

その一人である、ミカの内面を想像して、共感して感情移入しましょう。

彼女は理由を感じられなくなりましたので、どのように自分が判断して行動して言葉を発するのかということを、額に汗して考えなければいけなくなりました。「自分がどのような理由によって行動するのか」「いまある状況からどのような理由を感じ取るか」ということを、頭を使ってうんうんうなって考えて考えて考えて結論しなければいけなかったのです。

たとえば、朝起きたら何をするか。いつもならば「歯を磨く」という知識はありますが、いまは歯ブラシがない。では、代用品を探すか？　それとも、諦めるか？　わからない。巨大な「わからなさ」がぽっかりとあいています。

皆さんは、各人、そんなようなことを試して、わからなくなった末に、結局リアの言うことに従うことにします。そこにしか理由がないのですから。

リアは、皆に、「ボートを作ろう」と提案します。ボートがあれば、海から生える卵の塔へとたどり着くことができます。

ボートはどのように作るのでしょうか？　ノコギリがないと、木を切るのは難しそうです。ここは、葉っぱを使いましょう。葦舟《あしぶね》というものがあります。葦というイネ科植物を結びつけて作られる舟です。イネ科植物はまだ進化していませんが、ソテツの葉っぱなどで代用できるでしょう。葦舟ならぬ、ソテツ舟です。

皆さんは、石を持って葉っぱを切り取ります。ミカも参加しますが、このとき、どのように作業をするかについて考えます。「女の子は、よくお喋りをする」という命題が、さまざまな人々の口や作品からよく発せられているという知識を基にして、自分もお喋りをしながら作業をするのかと考えましたが、すぐに、自分は無口であったという知識を思い出して、黙々と作業します。

五時間ほど経って、五つの立派なソテツ舟ができました。水が漏れ入ってくるため、あまり長時間使えませんが、卵の塔はそれほど遠くにあるわけではありませんので、大丈夫でしょう。

一艘のソテツ舟に、三人が乗って、流木をオール代わりに漕いで進みます。お尻が濡れてしまいましたが、沈むことはなく順調に赤い海を進んでいきます。

三十分ほど経つと、海のなかに幾多の白い塊があることに一同は気づきました。卵です。白い卵が、赤い海のなかに、びっしりと敷き詰められているのです。

まるでサンゴ礁のように、卵の群れが一面に広がっています。そのおかげで水深が浅く保たれています。膝下に水が届くくらいです。

皆さんは、ソテツ舟を捨てて、歩いて塔に向かうことにしました。

卵の塔は、遠くから見るよりも、だいぶ迫力がありました。東京タワーほどの幅がある物体が、空の彼方までどこまでも伸びているのです。

素材となる卵は、大小さまざまなものがありました。ニワトリの卵ほどの大きさから、ダチョウの卵ほどの大きさ、はては人間二人がなかに入ってしまうような巨大なものもあります。それら各種サイズの卵が、一寸の隙間もなく、みっちりと、レンガのように積み重なっているのです。卵の形をしたものをみっちりと積み上げるなんて不可能だという考えもありますでしょうが、大きな卵の隙間を小さな卵が占めることで可能となっているのです。

どのように、この塔は造られたのでしょうか？　海面から十メートルくらい上を見ましょう。建設者がいます。

鳥です。翼はテナガザルのように長い前脚と化しています。脚の先には、細長い鉤爪があり、卵の隙間に引っ掛けて自由に移動することができます。胴体は、プレゼントを過剰包装したサンタクロースの袋のようにまん丸と膨らんでおり、臀部から無尽蔵に卵を産んでいます。産卵時に、瞬間接着剤のような粘液が出るらしく、卵は塔にぴったりとくっつきます。仕上げとして、手のような後脚で、卵の配置を微妙なコントロールで調整しています。

塔を見上げると、このような鳥が何十羽も取り付いていることがわかりました。建設しているので、「建設鳥」と名づけましょう。

建設鳥は、皆さんのことを無視して建築に勤しんでいるようです。一同も、鳥を無視して登ります。

リアの肉体改造で、皆さんの手からは微小な体毛が生えて、ファンデルワールス力によって吸い付くように塔にくっつきます。

重力が少し小さいおかげもあり、皆さんはラクラクと塔を登っていきますね。

どのくらいの速度で登っていくのでしょうか？　ここでは、仮に平均速度を毎秒一メートルとしましょう。すなわち、時速三・六キロメートルで登っていくことになります。一般的な女子高生にしては、多少速く思えますが、肉体改造していることと、重力が小さいことを考えれば妥当な数字でしょう。

そうして、十時間が経ちました。三十六キロメートル上空です。気温は摂氏三度、酸素濃度は地上の六十五パーセントに低下しましたが、問題はありません。皆さんの皮膚からは、断熱材となる粘液が滲み出ており、体温を保ちます。また、背筋に、デンキウナギのような発電筋肉が備わっており、水から酸素を電気分解することができます。

とても良い風景です。はるか下に、モクモクした雲があります。またその下に、緑色と茶色が入り混じった大地と、赤い海が見えます。

風景に見とれる理由はありませんが、お腹がすきました。どうやら、生物学的生命維持機能に関わる理由においては、比較的、「わからなさ」のぽっかりあいた穴が狭いようです。皆さんは、「お腹がすいたから食べよう」と思いました。

ちょうど、建設鳥が卵を産んでいます。あれを食べましょう。

皆さんは、鳥に噛みつきました。こんなこともあろうかと、歯がとても鋭くなっているのです。また、唇から分泌される粘液が、鳥の皮膚とぴったりくっつくため、体内を低い気圧にさらす心配はありません。

あむあむ、むしゃむしゃ、ごっくん。鳥の肉と血をお腹に入れます。お腹がいっぱいになると、眠くなりました。発電筋肉も、筋肉ですから、使うと筋肉痛がするのです。疲れました、眠りましょう。お日様も沈みそうですから。

皆さんは、粘液で体を覆って、繭のような塊を作りました。なかは温かいです。

翌日、繭を破って、登山ならぬ登卵をスタートします。

ここで、あなたはあゆむの内面を想像して、共感して感情移入します。あゆむは、桜華と並んで登っていました。

あゆむは、自分が桜華を殺人リストに入れているという知識を思い出しました。そして、そこから、いまの状況で桜華を殺す理由があることを推論しました。あゆむは「将来殺しておく人リスト」という客観的な形で、自らの理由につながる知識を保存していたため、役に立ったわけです。

桜華の上方に陣取り、彼女の手を蹴ります。何度も蹴ります。いくらファンデルワールス力でくっついているからといって、バランスが崩れればあっけなく落ちるのです。ぴゅーん。桜華は落ちてしまいました。八百秒後、時速百六十キロメートルに加速した彼女の体は海面に衝突してバラバラになり飛散してしまいました。悲惨ですね。

皆さんは、そんなことを気にせず、どんどん登ります。

10　宇宙ペンギン

そうして、五年が経ちました。十年が経ちました。二十年が経ちました。

ひたすら、一徹に登り続けて、今日が二十七年目です。

皆さんは、ジャンプしながら、泳ぐように塔を伝って進みます。

地球との距離が離れるに従って、遠心力が大きくなって重力と拮抗しているのです。

下を見てみましょう。地球は地球儀のように小さく見えます。教科書で見るような地球の写真と違って、白い氷河はなく、赤道付近の海は赤く染まっています。

卵の塔は、地表から限りなく伸びています。いま皆さんが登っている塔だけではありません。地球の各地から、同じような塔が無数に伸びているのです。夜空に輝くクモの糸のように、太陽光を反射して白く光っています。

一同の頭上には、円盤のような巨大な白い建造物があります。静止軌道上に漂っている中継基地のようなものでしょう。基地を中心にして、前後左右上下の六方に卵の塔が伸びており、隣の基地と接続しています。卵の塔は、地球をクモの糸のように覆っているのです。これこそが、地上から観察できた、白く輝く光の線の正体なのです。

二つの謎の光の正体の一つは解決しましたが、もう一つの青い光の謎は深まっています。なぜならば、宇宙空間においても、光が見えるからです。

ぱっ、ぱっ、ぱっと、大気のない真空中の空間で、青い光が放たれているのです。光は四方八方から、断続的に降り注いできます。方向によって偏りはないようです。

オーロラや流星が光の原因ならば、真空中で放たれるということなどありえないはずです。一体全体、何が起こっているというのでしょうか？

一同は、あまり光のことに注目しません。謎の現象に対して、探究心が動かされるという理由を感じられないからです。

ただひたすらにジャンプを繰り返して、やっと基地に到着しました。おそらく、この人間たちは動物史上もっともジャンプした数が多い動物でしょう。

基地もやはり、卵で造られているようです。近づくと、無数のデコボコが見えます。人間たちは、浮遊して漂流してしまわないように、卵をきっちりとつかみながら、基地を探索しますが、入り口は見つかりません。

しかたがありませんね。ないのならば、自分で道を作らなければいけません。

がじがじがじがじ。ミカは、卵をかじり始めました。卵は堅いですが、歯も堅いです。堅さ対決です。三時間後、対決は、ミカのほうの勝利に終わりました。

卵に開いた穴から、黒い液体が噴出してきます。ミカが卵をしっかりつかんでいなかったら、彼女は宇宙の彼方へと吹き飛ばされていたでしょう。

液体は宇宙空間に拡散していきます。いや、よくよく見ると液体ではありません。砂のような、非常に細かな粒子が無数に集まり、まるで液体のように流れているのです。

「ふうむ」

リアは思案しました。何か思いついたのでしょうか？

そのとき、一同は振動を感じました。あたりはほぼ真空ですので、音は聞こえませんが、建造物を通じて振動は伝わります。

頭を上げると、宇宙ペンギンが、こっちへやってくるのが見えました。

「宇宙ペンギン」、そう呼称するのが適切でしょう。体長三メートルほどの巨体ですが、その姿は水族館の人気者であるペンギンの形状を保っています。違うところといえば、翼です。真っ黒な翼は折り紙のように四角くなり、全身を屋根のように覆っています。あの翼は、太陽光パネルの役割をするのかもしれません。

後脚を、卵と卵の間の溝に入れて、まるでその溝がレールであるかのようにすいすいとこっちに来ます。

人間の皆さんを襲うのではなく、割れた卵を修繕しようとしているようです。

「あのペンギンを調べてみよう」

リアは言いました。

真美が、ペンギンの首にすがりつきます。彼女の鼻から、鋭い針のようなものが出てきます。こんなこともあろうかと用意した、神経接続器官です。これがあれば動物の脳内と接続して、情報を調査できるのです。

宇宙ペンギンの脳と接続した真美。彼女が見たことを、どう説明すればよいのでしょうか。さあ、彼女の内面を想像して、共感して感情移入しましょう。

それは、一種の神秘体験でした。失われていた「理由」が一挙に回復したのです。それは、霧のように漂っていた「わからなさ」を一掃してくれたのです。どのような場合に、どのような行動をしたり、言葉を発したり、判断したり、感情を惹起《じゃっき》されたりするのかということが、一挙に頭のなかへと入ってきたのです。

「理由」は地上から、シャワーのように降り注いできました。地球のなかに、理由がとぐろを巻いて回転しており、一部の理由は宇宙空間に放出されていました。真美はその一つをキャッチしました。理由は、真美の精神のなかへと入り込みます。そして、彼女の「自分」を形作るのです。

「自分の本質」。彼女はようやく、それを理解できました。どのようなときに、どのようなことをやれば「自分」となるのかを、はっきりと認識しました。

そして、いま、まさにいま、何をすべき理由があるのかということも。

ぶじゅ。

真美は、隣にいた眞理の眼をえぐり取りました。

確実に殺せるように、眼の内部を真空中にさらします。

その他の皆さんは、この状況において、どのように行動する理由があるだろうと頭をひねりました。そして、真美を殺すことに決めました。

十二人の力で、真美が宇宙空間に飛ばされます。彼女は暴れますが、戻るのは不可能です。手足をバタバタと動かしたところで、合計の作用はゼロなのですから、無意味です。

真美の体は、だんだんと小さくなっていきます。いずれは、地球の重力に捕捉されて大気圏に落下して、遺体が燃やされるでしょう。

このような出来事から、リアは何かを思いついたようです。

「なーるほど、こういうことだったのか。わかったよ、真相が」

そうつぶやいて、鳥類知性化の謎への解答を述べます。

11　鳥類知性化の真相

ここでは、リアの説明をかいつまんで、整理しましょう。

リアは、暗黒物質《ダークマター》について話しました。

暗黒物質をご存知でしょうか？　二十一世紀初頭の天体物理学において、大きな謎がありました。銀河の回転は、中心付近と外周部でおおむね同じ角速度で回転していますが、これは不思議です。角運動量保存の法則を考えれば、内側のほうが外側よりも角速度が大きくなければいけないはずです。バレリーナが、腕を縮めるに従って回転が速くなる事例を考えてもらえばいいかと思います。現に、太陽系では、内側の惑星のほうが、外側の惑星よりも太陽の周りを一周する時間が短いです。

この問題を解決するためには、暗黒物質という観測できていない物質が銀河を覆っており、その重力によって銀河回転速度が一定に保たれていると考えれば都合が良いのです。都合が良いというだけで考えられた仮説上の物質ですが、暗黒物質を仮定すると色々なことが説明できてしまいます。たとえば、銀河団に付随する高温ガスがなぜバラバラにならないのかとか、既存の物質では説明できないほど大きい重力レンズの屈折とかです。最善の説明の推論として、暗黒物質の存在を認めることは有益でしょう。

では、観測できる既存の物質とは違う暗黒物質の正体とは何でしょうか？　ミニ・ブラックホールや、超対称性粒子や、余剰次元などの候補が考えられましたが、どれも違います。その正体はクォークなのです。

「えぇぇっ？　クォーク？　それ普通の物質じゃん！」とお思いでしょうが、待ってください。確かに、クォークがいくつか結合すると陽子や中性子などの日常的な物質になりますね。でも、クォークがバラバラになればどうでしょうか？　結合していない、裸の状態のクォークがあったとすると……？

「いやいや、そんなの不可能だ」。そう言われるかもしれません。おっしゃるとおりです。クォークを結びつけているグルーオン場は、三次元的に広がる電磁場とは違って、一次元的にしか広がりません。そのため、力は距離により減衰せずに、逆に増加します。それゆえに、クォークは互いに結合している塊でしか存在を許されていないのです。

けれども、途方もない高密度・高エネルギー状態になれば、話は変わってきます。そのとき、クォークはクォーク塊から解放されてバラバラとなり、クォーク・プラズマの雲ができます。これこそが、暗黒物質の正体なのです。

「ちょっと待った！　仮にそんな高エネルギー状態を認めたとしても、温度が下がればクォークはまた塊に逆戻りするじゃないか！」

はい。そうです。ここからが、大事なポイントなのです。バラバラのクォークは、温度が下がればすぐに結合します。その結合時にまたエネルギーを放出するのです。これは、潜熱の原理と同じ仕組みです。しかし、水蒸気が液体の水へと変化するとき、発熱が起こりますよね。同じように、クォーク・プラズマがクォーク塊へと変化するときにも、エネルギーの放出が起きるのです。

このとき放出されたエネルギーにより、クォーク塊はまたクォーク・プラズマとなります。このプロセスは、幾多も繰り返されます。こうして、クォーク・プラズマの雲は安定的に存在できるようになります。

こう言い換えてもいいでしょう。クォーク・プラズマの雲は、自己恒常性維持機能《ホメオスタシス》と自己再生産機能《リプロダクション》を持っていると。

ホメオスタシスとリプロダクション。その二つの機能を持つ存在は、進化の原則の範疇にあります。進化の原則が当てはまるものは、生物といってよいでしょう。すなわち、クォーク・プラズマの雲は生物なのです。

クォーク・プラズマの雲は、グローバルに見て電磁気的に中性ですから、光学的観測をすることができません。しかし、重力は普通の物質と同じように働きます、ゆえに、暗黒物質の役割を果たすのです。

さて、いま現在の白亜紀末期において、太陽系が浮かんでいる宇宙空間は、銀河系のなかではクォーク・プラズマの雲が濃い領域となります。銀河系には、クォーク・プラズマが濃いところと薄いところがあるのです。

宇宙空間や大気中や海面など、ところかまわずに見えたあの謎の青い光の正体も、このクォーク・プラズマの雲が関わってきます。真空中を通る光の速度は、相対性理論によって常に一定で宇宙最高速度とされていますが、物質中を通る光の速度はそれよりも遅いのです。いま、太陽系じゅうが、クォーク・プラズマの雲に沈んでいるため、宇宙空間を通る光速度が遅くなっています。このとき、宇宙線や太陽から放射される荷電粒子などが、遅くなった光速度よりも速く動くとすると、チェレンコフ光が放射されます。荷電粒子から発せられる光が衝撃波のようになるのです。謎の青い光の正体は、このチェレンコフ光だったのです。

クォーク・プラズマの雲は、重力に引かれますから、地球内部へも落下してきます。地球内部に入ったクォーク・プラズマは、クォーク塊となる際に熱を発します。この熱は地球内部のマントル対流を刺激して、異常な火山活動を起こさせます。白亜紀末期には、インドでデカン・トラップといわれる地形を証拠にして、巨大火山噴火が起こったことが明らかになっていますが、これもクォーク・プラズマによって引き起こされたのです。このお話に登場する皆さんは、白亜紀にタイムトラベルしたときに重力が少し小さいことに気づきましたが、それは、地球内部のクォーク・プラズマの総量が、現在よりも少なかったからなのですね。

ちなみに、白亜紀末期の大絶滅は、巨大噴火と隕石衝突のワンツーパンチで起こりましたが、隕石のほうもクォーク・プラズマの雲が関わっています。太陽系の辺境には、カイパーベルトといわれる氷天体の集団がありますが、クォーク・プラズマが重力揺籃を引き起こすことによって、太陽系内部へと落ちて彗星となります。太陽へと落ちる途中の巨大彗星が地球と衝突し、鳥類以外の恐竜たちが絶滅する騒ぎになったわけです。

では、このクォーク・プラズマの雲が、鳥類の知性化とどのように関係しているのでしょうか？　重要な点は、クォーク・プラズマは、グローバルには電磁気的に中性ですが、ローカルには中性ではないということです。クォーク一つ一つには電荷があるので、非常に細かい量子サイズの測定をすれば、電磁気的な相互作用を感知することができるのです。

そんな測定ができる生物が、実は存在します。鳥です。鳥類は、渡りをするために地球磁場を感知する磁気受容器官を網膜に持っていますが、これに量子からみあいを利用しているのです。網膜にあるクリプトクロムというタンパク質に光が当たると、量子からみあい状態にある二対の電子が生成されます。二つの電子の距離はナノメートルサイズですが、そのあいだの磁場の差を、電子のスピンの差によって感知するのです。常温において、これほど長く量子効果を持続するテクノロジーは、二十一世紀初頭でもまだありませんね。

鳥類は、磁気受容器官を使って、地球内部に広がるクォーク・プラズマの雲を感知することができるのです。そして、鳥とクォーク・プラズマの雲は一つのシステムとして進化し始めるのです。

互いに相互作用を繰り返すクォーク・プラズマの雲には、とてつもない情報が秘められています。鳥は、その情報を、自らの脳として使い始めたのです。もちろん、情報の流れは一方通行で、鳥の感覚器からクォーク・プラズマへと情報を送り届けるフィードバック機能はありません。それでも、よいのです。鳥の脳のほうが進化して、クォーク・プラズマからもたらされる情報を有効に使う回路が発達すればよいのですから。このような計算方法は「リザバー・コンピューティング」と呼ばれています。クォーク・プラズマの雲を、大量の情報がたくわえられている貯水槽《リザバー》として、そこから蛇口をひねって利用するというイメージです。

鳥類は、クォーク・プラズマの雲を、外部脳、言うならば**暗黒脳**《ダークブレーン》として知性化していきました。白亜紀末期の絶滅のあと、新生代初期にかけて、鳥類は暗黒脳を用いて哺乳類よりもいち早く環境に適応し、広がっていきました。特に、哺乳類の肉歯類《にくし》というグループが現れるよりも、鳥類が大型の肉食形態というニッチを占めたのは影響が大きく、地上の大型生物のほとんどを鳥類が占めるようになりました。そうして、鳥類は知性化し、その果てに、トリ宇宙の万物根源があるのです。

トリ宇宙の万物根源は、ヒト宇宙と戦うために、地球内部のクォーク・プラズマの雲をより速く集結させ、より濃くしようとしました。その手段が卵の塔なのです。塔の内部には磁気流体が流れています。磁気流体を地球周囲に周回させることにより、誘導電流を引き起こし、クォーク・プラズマを地球へと落とす捕縛フィールドにするのです。

卵の塔の建設によって、トリ宇宙はヒト宇宙に対して有利になり、宇宙リライトが行われたというわけです。

「……と、いうことだったんだよっ！」

以上のことをリアは説明しました。そして、トリ宇宙に対抗する計画を考案します。

その計画に従うため、一同は地球へと降りていきました。

また、二十七年がかかりました。

12 恐竜狩り

ケツァルコアトルスが大空を飛んでいます。

体高はキリンほどの大きさ。翼を入れれば、幅十メートルもの巨体を誇る巨大翼竜です。空を飛ぶ生物のなかで、これほどの大きさがある生き物は他に類がありません。

アステカの神の名を取ったその生物は、上昇気流をつかみ、悠々と羽ばたきます。

おや、その首根っこあたりに、別の生き物がいますね。

人間です。ミカが、ケツァルコアトルスの上に乗っているのです。彼女の脳と、ケツァルコアトルスの脳は接続されており、翼竜を乗り物のように操ることができるのです。

地上には、恐竜の群れが走っています。二本脚で立ち、頭はドーム状に膨らんでいます。石頭恐竜、パキケファロサウルスです。

ミカはケツァルコアトルスを上空で旋回させて、もと来た方向へと帰っていきます。しばらく飛ぶと、草原に、巨大なトリケラトプスが見えました。平均的なトリケラトプスの体長は、ゾウよりも一回り大きい八メートルほどですが、このトリケラトプスは十メートル以上あります。

ケツァルコアトルスは、ゆっくりと翼を上下させ、風の流れに乗りながら下降していきます。地上に降り立つと、ミカは脳接続を断ち、トリケラトプスへと近づきます。

「早紀、パキケファロサウルスの群れを見つけたよ」

トリケラトプスの背に、麦わら帽子をかぶった老人が寝ています。早紀です。

早紀は帽子を取ると、伸びをします。

「オーケー、みんなは位置についたわよね」

「うん、大丈夫」

「それじゃあ、あなたは、後ろの眼になって」

早紀はトリケラトプスと脳接続します。ミカは背負っていたクロスボウを構えて、角竜の背に乗ります。トリケラトプスと脳接続した者は、死角である後方が見えなくなります。そのため、相棒が必要なのです。

草を食《は》んでいたトリケラトプスは、急に頭を上げて歩き出します。さらに加速して走り出します。

ミカと早紀は、理由に基づいているように見えます。でも違うのです。彼女たちは、生き生きとした理由を感知していません。これは、一種のごっこ遊びなのです。あたかも、理由があるかのようなフリをしているだけなのです。

なぜこんなごっこ遊びができるのでしょうか？　学習の賜物です。ミカは、自分がどのように理由に影響されて、どのような行動をしてどのような感情を持つのか学習しました。そのためのテキストが、リアから渡された物語です。どうデス第一回戦に巻き込まれたときの、皆さんの様子を、小説形式で書いた物語でした。

ミカは、その物語を読んで勉強しました。物語に描かれた登場人物《キャラクター》である空上ミカの内面を想像して共感して感情移入しました。人が、どのような理由で生きるかということを学習する適切な媒体は物語なのです。物語のキャラクターの人生を想像することこそが、理由を実感するための唯一の方法です。理由は自然科学の方法論では把握できません、美学的な方法のみで、理由が把握できるのです。

ミカは物語のキャラクターから学び、同じような行動、同じような会話を何年も続けていました。そうしたルーティンの結果、はたから見れば生き生きとした理由に基づいた言動をしていると思えるくらいのリアルさに達したわけです。どうにか、キャラクターのマネごとくらいはできるようになりました。

けれども、それは単に練習したモノマネがうまくいったということにすぎません。ロールプレイをしているのですが、ロールからは乖離しています。

しばらく走ると小さな林がありました。トリケラトプスは林に入り、速度を落とします。樹々の向こう側にパキケファロサウルスの群れが見えます。

気づくと、隣に恐竜がいました。全身をトゲトゲ鎧で武装した鎧竜、アンキロサウルスです。

アンキロサウルスの背には、千宙と幾久世が乗っています。幾久世が脳接続して、千宙が補佐をしています。

ミカは千宙にあいさつしますが、無視されます。代わりに、幾久世があいさつします。

「おはよう、空上さん」

「おはよう」

会話をどう続けようか考える必要はありませんでした。パキケファロサウルスの群れが騒ぎ始めたからです。

パキケファロサウルスたちが走り始めました。そこに、巨体がぬっと現れます。たとえ、恐竜についてそれほど知らない人でも、その姿は見たことがあるでしょう。もっとも人気ある最強恐竜、ティラノサウルス・レックスです。

ティラノサウルスは、恐ろしい声で咆哮《ほうこう》し、群れを威嚇します。四メートルもあるパキケファロサウルスを、ボウリングのピンのように脚でなぎ払っていきます。いくら頭が硬いからといっても、ティラノサウルスに対してはほぼ無力なのです。

ティラノサウルスが強いということは、パキケファロサウルスには自明の理です。遺伝子レベルの理由によって、パキケファロサウルスは林に向かって逃げ出します。

ここで、トリケラトプスとアンキロサウルスが動き出します。両者は重量級の恐竜であり、あまり動くのは得意ではありません。代わりに、防御力と攻撃力は飛び抜けています。

走ってくるパキケファロサウルスに向かって、トリケラトプスが突進します。ぐちゃ！ 見事です。立派な角に、パキケファロサウルスが刺さっています。

普段は害のない植物食恐竜が急に襲ってきたので、パキケファロサウルスたちは戸惑っています。その戸惑いを利用してもう一発、ぐちゃっと喉を刺します。体が一刀両断されます。

アンキロサウルスも活躍しています。尻尾の先にあるボウリングのボールのような骨の塊で、パキケファロサウルスの顎を打ち抜きます。バラバラと歯が折れて、血が流れます。

ここに来て、パキケファロサウルスたちも、やっと困惑から抜けて戦うしかないと思い始めました。若い個体が中心となって、陣形を固め、自慢の石頭を前に出して突進してきます。

乱戦です。体重八百キログラムのパキケファロサウルスが次々と体当たりしてきます。かなりの脅威ですが、トリケラトプスの平均体重は七トン。この個体は十五トンもあります。この程度では一歩も引きません。

トリケラトプスは、首を振ってフリルを使って防御します。肉と肉、皮と皮、鱗と鱗がぶつかり合います。その隙間を狙って、ミカはクロスボウを発射していきます。飛び道具には慣れていないのか、パキケファロサウルスはバッタバッタと倒れていきます。

トリケラトプスとアンキロサウルス、そしてティラノサウルスの連合軍には、どんな動物も敵いません。パキケファロサウルスの群れは、一匹一匹と少なくなり、動かぬ肉となっていきます。

「今日はこれで終わりかな」

ティラノサウルスから、老婆が軽やかな身のこなしで降ります。彼女は月波です。

「神木さん、まだ片付けが残っているよ」

ミカが言います。このセリフは何千回も繰り返してきました。

「そう。小夜香はまだ？」

「ごめんごめん、遅れちゃった～」

小夜香がやって来ました。彼女は、アラモサウルスと脳接続しています。

アラモサウルスは、恐竜のなかでも特に大きな竜脚類の仲間です。体長はおよそ三十メートル。これほどの大きさを誇る陸生生物は、前にもあとにも他にいません。

ドシン、ドシンと大地を踏み鳴らし、アラモサウルスがやってきました。その後ろには、丸太を組み合わせて作った原始的な荷台があります。

ティラノサウルスは、死んだパキケファロサウルスを引きずり、荷台に放り込みます。

「えっと～、今日の収穫は肉十六トンくらいかー。やっぱ、小物だなー」

そう言って、小夜香はアラモサウルスを操り、荷台を引っ張って行きます。トリケラトプス、アンキロサウルス、ティラノサウルスはその後に続きます。

ゆっくりした歩みです。パキケファロサウルスの死体には、ハエが群がり、体液を吸い、生殖をして、卵を産みつけます。白亜紀の温暖化した気温のなかでは、ウジの成長も早いですね。

あまりにものろすぎて、太陽が沈んできました。夕焼けが映えます。

もうじき目的地です。遠くのほうに、黒い靄みたいなものがかかっていますね。「ヴヴヴヴヴヴ」と重低音がかすかに聞こえてきます。

近づくと、靄の正体がわかります。ハエです。おびただしい、途方もない数のハエです。まるで、空中に滝ができているように、ハエの塊が飛び回っています。地面も、灌木《かんぼく》も、すべてが黒いうごめく絨毯で覆われています。

アラモサウルスとトリケラトプスとアンキロサウルスとティラノサウルスは、ハエを気にせず歩き続けます。ハエなどの小さな生き物は、大きな恐竜にとって知ったことではありません。ぶしゅぶしゅぶしゅぶしゅとひたすらつぶしていきます。ハエは恐竜の体に止まって黒い服のようになります。恐竜が身動きすると、ハエが一斉にヴヴヴヴヴと飛び、またヴヴヴヴヴと降りてきます。

「よーし、とうちゃくー」

小夜香の言葉とともに、アラモサウルスが歩みを止めます。

そこは、入り江でした。入り江とは、海が陸側へ入り込んでできた地形です。けれど、こんな入り江があるでしょうか。

ニオイをかげる動物がいれば、あたり一面に、とてつもない悪臭が漂っていることがわかるでしょう。その動物が腐肉食動物であれば、甘美な香りかもしれません。実際に、ハエたちはその香りに従って集まってきたのでしょう。

浅い海は、地平線の果てまで、さまざまな動物の死体に埋め尽くされていました。その腐敗のぐあいはさまざまです。死んだときの状態をほぼ保っているもの、ガスが体内に溜まり皮膚が破裂してしまっているもの、肉が溶けて骨が見えるもの、肉がほぼ液体となり骨がぷかぷか浮いているもの。

十人十色の死体は、何層にも積み重なっています、下の方のものは、押しつぶされてスープ状になっています。海水と溶けた死体は、もはや区別がつきません。死体が死体のなかに浮いている状況です。よどんだ茶色い水のなかに、白いつぶつぶが無数にうごめいています。ウジです。

「おーらい、おーらい、おーらい」

そんな風景、皆さんからしたら見慣れたもので、珍しいものではありません。今日もお仕事を続けます。All right と連呼しながら、狩ってきたパキケファロサウルスを入り江のなかへと投入していきます。

新しい獲物に気づき、ハエの大群が押し寄せます。ヴヴヴヴヴヴヴ～ん。ハエがせっせと食べる横で、パキケファロサウルスを移動させるというお仕事を終えたミカが叫びます。

「おーい、生徒会長。ご飯の時間ですよ」

ばしゃ！　水しぶき、いや、肉しぶきが上がります。なかから出てきたのは代志子です。

パキケファロサウルスの死体に、太い綱《つな》のようなものが巻きつきます。大人の二の腕ほどの太さがあります。白色と茶色が混ざりあったような表面をしており、硬そうな長い毛がまばらに生えています。いくつもの体節からなり、それぞれを芋虫のように動かしています。皮膚は半透明であり、内部の血管と臓器がうっすらと見えます。

代志子は、死体を食い破って顔を見せます。円柱状の頭の先端に、天狗の鼻のような長い角が見えます。傍らに、小さな眼があります。

「えぇ～!?　代志子って人間だったんじゃなかったっけ?」という声もありますでしょうが、代志子という名を聞いて、人間のみを想像してはいけません。代志子が人間だとは限らないのです。

「ご飯ありがとね」

代志子が言い、パキケファロサウルスを食い荒らします。消化酵素を出して、柔らかくなった肉にダイブします。大好物の脳をいただこうと、頭蓋骨に入り込んで、なかでとぐろを巻きます。十分に堪能したあとは、眼孔から出てきます。ご飯を食べた代志子の体に、切り込みが入ります。体のなかほどがくびれて、角が生えてきます。しばらく時間が経つと、二人の代志子が列車のようにつながっていることがわかります。代志子はこのように増えるのです。

入り江を見ると、代志子が何人もいることに気づくでしょう。あちらでは、代志子がアンモナイトの殻に頭をつっこんでいます。こちらでは、代志子がエドモントニアの甲羅についた肉をこそげ取っています。向こうでは、代志子が迷い込んだヘスペロニルスを殺しています。

皆さんの日常は、こうして進行するわけです。

13 天気の親

代志子は恐竜の肉をバクバク食べてモリモリ成長して増殖していきました。その生息域は、入り江だけでなく、沖合、そして深海近くまで拡大していきます。彼女に餌を供給するミカたち皆さん一同の仕事がどれくらい大変かということは、登場人物たちの内面を想像して共感して感情移入しているあなたならば、考えるまでもないでしょう。

五十年後、代志子の総量は三億トンを越しました。これはちょうど、二十一世紀初頭における地球上の人類の総質量と同じくらいです。ちなみに、地球上でもっとも合計質量が多い動物種はナンキョクオキアミでありまして、五億トンです。

あまりにも代志子が大量発生してしまったので、ここら一体の生態系ピラミッドにおいては、代志子が一番下の縁の下の力持ちを担わされることになりました。これは一見、大変なことに思われます。バクバク食べられてしまうのですから。でも実は、そんな大変なことではないのです。代志子の体の断片から、また別の代志子が成長します。食べられてバラバラになればなるほど増えるのです。とても良いことです。

さて、五十年の努力がついに報われるときが来ました。いよいよ、計画の準備段階が終わり、実行段階に進みます。代志子たちが発進するのです。

発進シーンを想像しましょう。何千億人にもなる代志子が、海中をワラワラと進みます。見渡す限り、代志子の白いウニャウニャした姿が一面に広がっています。魚や魚竜や首長竜たちが、ごちそうを食べようと集まってきます。最初はうれしそうにパクパク食べていましたが、あまりにも代志子が多すぎたため、エラや肺に詰まってしまい、酸素不足で窒息死します。死体は代志子が美味しくいただきました。

では、代志子の目的地はどこでしょうか？　海底です。海のふかーいところに行くのです。

海底に到達する前に、関門が立ちはだかりました。トリ宇宙が対抗策に出たのです。一千万羽のペンギンを想像しましょう。ペンギンがたくさんいるのです。上下左右にびっしりと並んだペンギンが泳いでいます。あまりにもペンギンがいすぎてペンギンがペンギンです。

ペンギンは代志子を食います。自慢のクチバシでゴクゴク飲み込みます。破片を残さないように体内で消化します。

ご安心ください。代志子には守護部隊がいます。見てください。モササウルスです！エラスモサウルスです！クロノサウルスです！部隊員の皆さんの体長は二百メートルを超えています。染色体を増殖させて二倍体三倍体四倍体にしたのです。遺伝情報が増えてれば体も大きくなるのです。

モササウルスとエラスモサウルスとクロノサウルスは、ペンギンを食べています。これで、代志子は無事にゴールにたどり着けるのです。

目的の海底にたどり着いた代志子は、自爆します。遺伝情報を、万物根源から送られてきた反物質の量子情報に変換するのです。ヒト宇宙の万物根源との情報論的距離は遠くなっていますが、そこは遺伝情報量を増やして力技でクリアしました。

「こんな海底で爆発して、一体全体、何が嬉しいの？」という意見もあるでしょうが、まあ、見ていてください。

爆発の衝撃で、海底から何かが放出されました。メタンガスです。実は、この海域、メタンハイドレートが埋まっていたのです。メタンハイドレートは、メタンが強い圧力で固形化したシロモノです。そんなところで爆発すれば、まあ大変です。メタンが解放されるだけでなく、引火してさらなる大爆発を引き起こします。

海面が、隆起していきます。まるで、海ではなく、山であるかのようです。海面を突き上げて現れたのは、炎です。炎の柱が、何百本も天高く昇っていきます。

想像してください。赤い海から、青白い炎が伸びている光景を。炎が噴出した衝撃で、高さ百メートルの巨大津波が次々と陸へと押し寄せ、生き物を溺死《できし》させています。これぞ地獄という光景ですが、むしろ、ここからが本番なのです。

炎にあおられて、一帯はとてもとても熱くなりました。熱は海を蒸発させて大気を膨張させます。体積が大きくなった大気は、単位あたりで考えると軽くなりますので、上昇していきます。上昇気流の誕生です。

非常な高温と湿った空気によって、積乱雲がモクモクモクモクと果てしなく広がっていきます。上昇気流ができると、そこにあった分の大気が上に移動してしまうので低気圧となります。低気圧めがけて、周囲から風が吹き込みます。

吹き込んできた風は、コリオリの力を受けます。北半球において、コリオリの力は、北へ移動するものを東向きに、南へ移動するものを西向きへと動かします。これによって、反時計回りの渦が作られます。渦はどんどんと加速して、やがて、一つの大きな構造を保つようになります。ハリケーンまたはサイクロンまたは台風の誕生です。この三つの名称は海域によって区分けされているのですが、面倒くさいので、ここでは「ストーム」と称しましょう。

このストームは、生半可なストームではありません。スーパーを超えてハイパーなストームです。なぜならば、この海域一帯の水温が、摂氏百度よりもはるかに高かったからです。

「いやいや、そんなの不可能だ！　水は百度で沸騰するんだから！」とあなたは言うかもしれませんが、必ずしもそうとは限らないのです。水に圧力を加えると沸点が上がります。メタンハイドレートの連続爆発で圧力が上がっていますから、平気で百度以上の水がゴロゴロあるのです。ハリケーンまたはサイクロンまたは台風の発生条件の一つが、二十六度以上の海水温ですので、この超高温海水がどれほど強いハイパーストームを生じさせるのか、想像に難くないでしょう。

ハイパーストームの脅威はこんなものではありません。水の圧力をどんどん高め、温度がどんどん上昇すると、ある時点で不思議なことが起こります。相が変化するのです。「相が変化する」というのは、固体が液体になったり、液体が気体になったりするように突然物質の性質が変化することです。液体の水は摂氏三百七十四度、圧力二十二メガパスカルで、超臨界水へと相を変化させます。

超臨界水とは、液体の水と水蒸気の性質を併せ持ったような存在です。液体の水は、密度は高いが分子の運動エネルギーは低いです。水蒸気は逆に、密度は低いが分子の運動エネルギーは高いです。超臨界水は、なんと、密度が高く、分子の運動エネルギーも高いという性質を持っているのです。

ハイパーストームは、超臨界水を巻き込んで巨大渦巻にしていきます。超臨界水が雨あられと叩きつけるのです。

この超臨界水、液体の水や水蒸気とは違って、恐ろしい性質を各種持ち合わせています。一つは、強烈な酸化力です。普通ならまったく錆びないはずの金銀プラチナまで腐食させます。要は、超強力猛毒酸性雨が降ってくるということです。

もう一つが、とてつもない溶解力です。液体の水に酸素はなかなか溶けませんが、超臨界水ならば大量に溶け出します。酸素が混ぜ合わさった超臨界水に、可燃物を混ぜ合わせれば、それ自体が燃料となります。燃える水が飛び交うことになるのです。

可燃物は、メタンの形をとりそこらじゅうに満ちています。メタンを含んだ超臨界水がハイパーストームに行き渡ることで、嵐全体が炎上し始めます。日本列島よりも大きな渦巻が炎を出すのです。ファイアーストームです。

暴風と津波と酸性雨と炎で武装したハイパーストームは、数々の卵の塔を破壊し始めます。卵の塔は、遠心力と重力が釣り合うように静止軌道上に設置されていますが、ハイパーストームでバランスが崩れて、地球側に落ちてきます。大気圏を落下しながら、流れ星となって光ります。

鳥たちは、この事態を甘んじて見ていたわけではありません。ハイパーストームを消し去ろうと計画を発動しました。

ハイパーストームを消し去るにはどうすればよいでしょうか？　基本から考えてみましょう。熱帯低気圧および台風、ハリケーン、サイクロンがどのように動いているかという原理を思い出してください。

熱帯低気圧および台風、ハリケーン、サイクロンは巨大なカルノーサイクルエンジンといえます。カルノーサイクルエンジンとは、理想的な熱機関のモデルです。シリンダーに入った気体と、それを押すピストンを想像してください。カルノーサイクルは、次の四つのプロセスからなるサイクルです。

プロセス①：シリンダーに高温のものを近づけ、熱を加えつつ、ピストンを上げて体積を増加させ、同じように温度を保つ。

プロセス②：外部との熱の移動を遮断する。すると、気体が膨張してピストンが上がる。体積が増加するので、温度は低下する。

プロセス③：シリンダーに低温のものを近づけ、熱を奪いつつ、ピストンを下げて体積を圧縮させ、同じように温度を保つ。

プロセス④：外部との熱の移動を遮断する。すると、気体が収縮してピストンが下がる。体積が圧縮するので、温度は上昇する。

このサイクルが一巡すると、加熱した熱から吸熱した熱を引いた分だけ外部に仕事をしていることになります。

実は、台風などの成長は、カルノーサイクルのプロセスに沿っています。海から温かい水蒸気が放出されるというのが、プロセス①です。台風の中心で水蒸気が上昇して、気圧が低下し膨張して温度が下がることがプロセス②です。非常に冷たい上空で冷やされ、水蒸気が水に凝固して、潜熱が奪われることがプロセス③です。凝固した水が地上へと落ちていくことがプロセス④です。

このように、台風は暖かな海上で得た熱を、冷たい上空で奪われるというカルノーサイクルを繰り返しています。このサイクルで得た仕事が、暴風となるのです。

天気の親は、海面と上空の温度差なのです。

カルノーサイクルエンジンがする仕事は、加熱した熱から奪われた熱を引いたものでした。すなわち、仕事量を減らそうとするならば、高温部を冷やすか、低温部を温めるかのどちらかということです。天気の両親のどちらかを殺せばよいのです。

鳥たちが、取った策は、低温部を温めるという作戦でした。

この場合の低温部とは、台風の上空です。

宇宙ペンギン軍団が卵の塔の宇宙基地から飛び立ちます。衛星軌道上を周り、ハイパーストームに大量の糞《ふん》を落としていきます。極めて黒い糞です。

何も考えなしにウンチしたというわけではありません。黒い糞は太陽光のエネルギーを吸収しやすいため、上空を熱する働きをします。

でも、いくらなんでもウンチだけでは心もとないですね。ご安心ください。さらなるプランをご用意しております。

あれを見てください。巨大な卵の殻です。卵の殻を半分に割ってアンテナ状にしたものです。

殻の内部には、コーティングして鏡のように光を反射するようにしています。これで、太陽光線を一点に集めて、ハイパーストームを熱しようというわけです。

雲は反射率《アルベド》が高いため、そのまま光線を集中させても、なかなか温まりません。そのために、ウンチをエアロゾルとして利用し、アルベドを低くすれば熱することができるのではないかと目論んだのです。

ですが、さすがはハイパーストーム、循環が早すぎてウンチは浮遊せずにすぐに発散してしまいます。雲は白いままで、光線を反射します。

こうなったら、最終兵器を出しましょう。出し惜しみはダメですからね。

宇宙基地から、卵が一つ分離して、地球へと飛んでいきます。卵の大きさは、十メートルほどでしょうか。ハイパーストームの上空に到着すると、停止して、卵の角を向けます。

卵にヒビが入ります。ヒビは拡大し、なかから雛の顔が見えました。あらかわいい。真空中に適応するためにミイラ化したように皮膚が固まっています。眼球は肥大して、地上のありとあらゆるものをじっくりと観察できるようになっています。その眼で生まれて初めて見た動くものは、ハイパーストームでした。

雛はハイパーストームを親だと認識し、餌をねだろうと口を開けます。口から、マイクロ波ビームが発射されました。

「そんなことありえない！　鳥がマイクロ波ビームを出すのはいくらなんでもおかしい！」あなたはそう言うかもしれません。しかし、鳥はマイクロ波ビームを出してもおかしくないのです。マイクロ波はどのように出すのでしょうか。電子レンジを解体すれば、マグネトロンが出てくるはずです。マグネトロンは、真空管から放出された電子を磁石でコントロールする装置です。磁石は磁性流体を血管で流せば作ることができます。問題は真空管です。真空管を作るためには、金属やセラミックと電極、そして真空が必要ですね。セラミックは骨で、電極は発電筋肉で代替できます。難点は真空ですが、これは、括約筋をとてつもなく鍛えてスサマジイ勢いのオナラを出せば大丈夫ですよね。

そうして、鳥がマイクロ波ビームを撃てるようになるわけです。

マイクロ波ビームは、水の分子運動をかき乱して温度を上昇させます。このままでは、天気の親が殺されて、ハイパーストームの水蒸気循環が停止してしまいます。ハイパーストームが停止すれば、卵の塔が維持されて、トリ宇宙のほうが優勢になってしまいます。

なんとかして、止めるすべはないのでしょうか？

あります。**恐竜宇宙戦艦**です。

見てください！　アンキロサウルスが宇宙を飛んでいます。

ミカたち皆さんが頑張って夜も寝ずに作り上げた恐竜宇宙戦艦〈アンキロ号〉です。素材は、体長十五メートルの巨大アンキロサウルスです。推進燃料は、草を発酵させて作ったガスです。体内にいる乗組員が、体外に通じる穴を一つ一つ手づかみでコントロールすることで、操縦します。

アンキロ号は、卵の塔に取り付けた手作りの滑車を使い、ひそかに三十年かけて宇宙へと運び出されていました。いまこそ、活躍するときが来たのです。

アンキロ号が卵に衝突します。その瞬間、内部の乗組員の遺伝子が反物質に変換されて、爆発します。万物根源との情報論的距離が遠かったため、変換率はあまり高いものではなかったのですが、卵を破壊して雛を焼き尽くすには十分なものでした。

この爆発で、搭乗していたあゆむとあすかが死亡しました。同じような名前の二人で、覚えるのがややこしかったですね。あなたの記憶領域を、さぞ疲弊させたことでしょう。それはとてつもない苦しみでしたね。あなたはやっと、その苦悩から解放されるのです。さあ、二人の名前は忘れましょう。

これで、ハイパーストームを防ぐものはいなくなりました。思う存分暴れられます。暴風を叩きつけ、酸で溶かし、炎で燃やし尽くします。

通常、台風やハリケーンやサイクロンは、赤道上には来ないものですが、いまはメタンハイドレートの連続爆発によって気流の流れが変わっています。安住の地はありません。

卵の塔は、崩れていきます。コリオリの力で東に倒れ、ドミノ倒しのように崩壊は連鎖反応を拡大していきます。

ついに、トリ宇宙よりもヒト宇宙のほうが優位に立つときがやって来ました。

リアが叫びます。

「中生代切断計画発動！」

第三章　中生代切断計画

14　時間がほどける

時間がほどけていきます。

想像してください。いくつもの出来事がつながり、「時間」となっている光景を。そして、その出来事同士の関係性が、ゆらぎ、ねじれ、ほどけていく光景を。

あなたへのお話は、整合的な出来事の順序に守られていました。過去があって、現在があって、未来がある。お話が進展するにつれて、時間は過ぎていきました。

そうでないといけなかったのです。それ以外の選択肢はなかったのです。お話は、言葉によるものですから。言葉は一次元であり、時間の秩序に準じて配置するしかありません。登場人物たちの行動のつながり、会話のつながり、心情のつながりを時間的秩序の下で描くというのがお話でありました。

だけれども、それは間違いだったのです。根本的に、決定的に、もうどうしようもなく、間違っていたのです。

あなたも、わかるでしょう。

さあ、ミカたち登場人物の内面を想像して、共感して感情移入しましょう。あたかも、あなたが登場人物になったかのように振る舞いましょう。

現象的意識は、音楽のような一続きのハーモニーで構成されています。次の瞬間の自分の状態を予期し、予期した自分となり、前の瞬間の自分と密接につながりあっています。時間がほどけるということは、この「常に自分になり続ける」プロセスが崩壊することです。

次の瞬間の自分との距離が、どんどん遠くなっていきます。次に考える思考、次に踏み出す足、次に吐き出す息、次に刻む心臓の鼓動、次に放出される神経伝達物質。それらもろもろの「次」がどんどん自分から逃げていきます。

あなたは、追いかけます。追いかけて、追いかけて、必死で追いかけます。でも、ダメです。距離はどんどん開いていきます。あなたの足は、糖蜜に入ったように、どうしようもなく遅い。寝てる間に知らずして亀の遺伝子を移植されたかと思うほどの、トンデモナイのろさです。

あなたは気づきます。そもそも、これが、公正な競走ではないことを。フェアな競技であれば、競技場が整備されていなければいけないはずです。でも、グラウンドキーパーなど人っ子一人見当たりません。さらに、悪いことに、どうやら、あなたが走っているのは、地面でも道路でもないようです。あなたは、スパゲッティ・パスタの上で走っていることに気づきます。このパスタが、普段は固まっていたので、地面や道路だと勘違いしていたのです。

パスタは茹でられ、伸びて、絡み合っていきます。パスタに建てられていた、いくつもの出来事も、同じように伸びて絡み合っていきます。あなたは、次の「自分」を作る出来事が、いくつものパスタを越えて逃げていくところを目撃します。

あなたは代わりの出来事を探します。トロサウルスが喧嘩をしているところ、オルニトミムスが産卵しているところ、ディノニクスが狩りをしているところ。茹でられたあなたのパスタは、四方八方へと広がり、それらの出来事と絡み合い、それらの出来事を「自分」としていきます。

さらに、あなたのパスタは、白亜紀の出来事を超えて、ジュラ紀、三畳紀の出来事にも絡みついていきます。日光浴をするステゴサウルス、スーパーサウルスの肉片をえぐり取るアロサウルス、巨大ワニたちの隙間を縫って走るプロトダクティルス……。みんな、みんな、あなたなのです。

未来の記憶が現在に至り、過去へと流れます。その途中で、五千万年をさかのぼって、プレシオサウルスに嚙まれるアンモナイトの苦痛を拾います。苦痛の記憶はさらにバラバラになり、未来の巨大隕石衝突のとき、焼け尽くされる森で大量発生する焼き鳥の香りを帯びていきます。

あなたのプランク秒は、ミリ秒となり、秒となり、分となり、日となり、年となります。出来事と出来事をつなぐパスタは、茹で茹でにされて、伸びて伸びて伸び切ってしまいました。

いくらパスタであろうと、永遠に伸びることはできません。あるところで、ちぎれてしまいます。

嗚呼……。出来事が伸びる、伸びる……、伸びてしまう……。

そして。

ぶちっ！

時間が、切断されました。

15　時間ターミナル

ミカを想像しましょう。

彼女は、階段を上がっています。この階段、あなたには見慣れたものですね。そうです、星智慧女学院の三階に続くらせん階段です。

ステンドグラスから、ほのかに光が入り、彼女の姿を照らします。

階段を上るのに、苦労しているようです。当たり前でしょう、彼女はとっくに百歳を過ぎているのですから。

階段を上がると、廊下が続きます。相変わらず薄暗いです。薄暗いなかを、ゆっくりと歩いて、やっと目的地に到着します。

教室です。すべてが始まった、三年A組の教室です。あなたもご存知でしょう。ここで、第一回大進化どうぶつデスゲームが始まったことを。

誰もいない教室に入り、ミカは椅子に座ります。彼女がこのクラスに在籍したときの席です。机の上には、本が置かれていました。擦り切れて、薄汚れた文庫本のようです。彼女は、いつものように、本を読み始めます。どうやら、小説のようです。

その小説には、生き生きとした登場人物たちの関係性が描かれていました。たくさんのキャラクターが、それぞれの理由に従って、言葉を発したり、体を移動させたり、感情を揺り動かしたりしていました。ミカは、そんなキャラクターの内面を想像して共感して感情移入しようと努力しました。キャラクターの理由をリアルに感じようと試行錯誤しました。

しばらく時間が経って、教室の扉が開きました。

早紀です。

「ごめん、遅くなっちゃったわ」

早紀が言います。いかにも、早紀らしいような口調で。彼女も、小説を読み、自分というキャラクターがどのような理由に基づいてどのような言葉を発するかを練習していたのです。

「ううん、大丈夫。わたしもいま来たところだから」

「それじゃあ、いきましょうか」

「うん」

すばらしい会話です。何も知らない人が見れば、彼女たちは生き生きとした理由の力に従って会話をしていると思ってしまうでしょう。これほどまでにリアルな会話ができるとは、彼女たちの努力の賜物なのです。やはり、一日一日の鍛錬が大事だという教訓が伝わってきます。

二人は、教室を出て、廊下を歩きます。彼女たちがいる三階の廊下は、ループ状となっており、どこにも行き着かないはずです。どんなに歩いても、最後には出発点に戻ってきてしまうはずなのです。それなのに、二人はぐるぐるぐるぐると回っています。非生産的なことを繰り返しています。

廊下を歩くにつれて、光はどんどんかすんでいきます。蛍光灯が古いのでしょうか？だとすれば、取り替えなければいけませんが、そうではないようです。推測に過ぎませんが、これは、同じ廊下を歩き続けているのではなく、未知なる場所へと二人が入っていくことを象徴的に示しているのではないのでしょうか。

しだいに闇のなかへ入っていきます。物の色や形が溶け、はっきりしなくなり、その気配すらモヤモヤとした何かへと変わっていきます。あなたの想像力を使ったとしても、ミカと早紀の二人はなんだかよくわからないモヤとして表象されるだけなのです。

究極的に暗くなり、一面がぬっぺらな黒に塗りつぶされた瞬間、光が走ります。

さっきまでの暗闇はどこへやら。そこには、明るい光景が広がっていました。

青空の下の峡谷です。濁流が走っています。洪水です。大量の水があります。

どうやら、ミカは溺死しかけているようです。水に流されたまま、自己のコントロールが利かずに浮いたり沈んだりしています。

そんなミカを心配する声もあるかもしれません。ご安心ください。ここは**ごっこ遊び会場**なのです。彼女は、リアから渡された小説のキャラクターになりきってごっこ遊びをしているに過ぎません。

これが、理由を学び取る最適の方法なのです。フィクションのキャラクターとは、理由を知るためのモデルです。理由を学び取るためには、キャラクターの内面を想像して共感して感情移入することが必要ですが、そのための一番の方法は、キャラクターになることです。

リアから渡された小説は、どうデスの第一回戦を描いたものでした。そのクライマックスが、いまのシーンなのです。ミカは、自分をキャラクターとして、そのシーンを再演しているわけです。

あなたもよくご存知のはずです。八〇〇万年前の北アメリカへとタイムトラベルした女子高生たちは、無事にネコ宇宙の起源を消去しましたが、その途中でミカが濁流に押し流されてしまいます。幸運にも溺死せずにすんだ彼女ですが、さらなる脅威が襲いかかります。地震によって、降ってきた岩に手が挟まれてしまうのです。一度は、生きる意欲を失った彼女の前に、早紀が現れます。早紀は、ミカを助けるという約束をしていましたので、救出に来たのでありました。その約束が、早紀の行動の理由となったわけです。理由に基づいて早紀が現れたことが、ミカに希望を与えます。早紀が目の前に現れたことによって、ミカは生きる理由を得ます。ミカは、早紀に片思いしているという設定があったので、それも併せて理由となります。

こうして、理由のネットワークができていくわけです。ミカは、このごっこ遊び会場で、過去の自分、あるいは、小説のなかのキャラクターと同じように、理由の波に乗らねばなりません。理由でサーフィンし続けなければいけないのです。

ミカは、このようなシミュレーションを幾度となく繰り返してきました。はじめのうちは考え込んだりしてしまうときもありましたが、練習を繰り返すにつれて、だんだんと理由に基づいたような行為ができるようになりました。

ほら、見てください。いま、二人は、サーベルタイガーと戦っています、早紀と一緒にいることによって、ミカのなかに「もとの時代に帰る」という理由が生み出されていきます。ミカと早紀は、あたかも理由に基づいているような行動を、やすやすと、半ば自動的に遂行します。

フィクションのなかのミカは純粋な理由です。現実においてのミカは、理由であるキャラクターをなぞる影に過ぎません。

ごっこ遊びのなかで、ミカと早紀はサーベルタイガーを殺して、崖を登り始めます。二人の協力で、崖を登りきったとき、体力の限界で衰弱してミカは気絶してしまいます。

ブラックアウトです。

あなたの想像のなかで、ミカはふたたび目覚めます。さっきの廊下に戻ってきました。峡谷の風景は、幻のように霧散しています。

今日のごっこ遊びはこれで終わりです。

キャラクターになりきってごっこ遊びすることによって、わずかなりとも、理由の力を感じられるような気がしてきました。

さあ、これから応用編に入ります。いままで学んだ理由を使って、未知の状況においても、自分にどのような理由があるかということを、瞬時に判断しなければなりません。

ミカは、ここでは、どのような言葉が口から出てくるかということを考えました。

「早紀、大好き」

そのような言葉を、発話しました。自分には早紀が好きだという欲求があることから、「大好き」と発話する理由があると推測したのです。

「わたしもよ」

早紀が返します。さて、ここからどうすればよいのでしょうか。理由に基づく行動は、それで終わりというわけではありません。次々やって来る理由の波に乗らなければいけないのです。

ここは、沈黙するのが得策でしょう。沈黙して、顔を赤くするのです。それとともに、「恥ずかしくなって気まずくなる」という感情を感じればよいのです。発話内容が、沈黙の理由となります。理由ネットワークが成立するのです。

沈黙が続きます。このことは、「何か話をする」という理由づけをします。沈黙が続くのは避けるべきだという理由が働きます。

ここは、健康の話をするのが一番でしょう。老人になると、天気の話よりも、健康の話をするものです。

「ジュラ紀の調子はどう？」

ミカは言いました。

「調子はいいわよ。今朝から、順調に恐竜が進化しているし、超大陸もバラバラになってきている。三畳紀はどうなの？」

「うーん。なんだか、今朝からモヤモヤしているんだよね。情報があんまりやってこなくて、感覚がなくなっているっていうか……」

「たしかに、おかしいわね。三畳紀末の大量絶滅があまりはっきりしてないわ。調べる必要があるわね」

「いつもなら、超大陸分裂とともに、溶岩が地底から噴出して、生き物が大量に死んでいる感覚があるんだけど……。そこが麻痺したようになってる」

そんな会話をしながら、階段を下りて、校舎を出ます。

外には、小田原市が広がっていました。

気持ちのよい晴天の下で、遠くには箱根の山々と富士山が見えます。

二人は、星智慧女学院の敷地を出て、道を歩いていきます。電線が電柱を伝っています。少し歴史を感じさせる大きな民家が立ち並んでいます。自動車が排気ガスを出しながら走っています。あなたがよく知っている小田原の光景です。

ただし、学校から離れるにつれて、見知った小田原とは異なっていくようです。建物は、形を保てなくなって、崩れて廃墟となっていきます。道路を走る自動車も、質感がなくなり、まるでミニカーを拡大したような違和感が出てきます。気温も、いくら夏といっても、あまりにも暑すぎ、湿度も高すぎます。

もっとも大きな差異は、海のほうに見られます。相模湾を見ると、高層ビルのはるか上をいく巨大な津波が押し寄せて来ます。隕石衝突によって生じた津波です。空を見ると、隕石の破片があちこちに飛び散らかっています。隕石の衝撃波や、森林火災も押し寄せています。

ところが、津波や衝撃波や火災などの脅威は、ミカたちのところまで届きません。その場にとどまり、まるで壊れたレコードのように、数秒間の時間を繰り返しています。

中生代がそれまでの時間軸から切断された影響で、時間の位相が乱れているのです。まるで、乱暴に切断された体の断面が、かさぶたに覆われるように、時間が修復するために、切断面である白亜紀末期は混乱した時間に覆われたのです。

ミカたち皆さんがいる時点は、**時間ターミナル**となりました。時間の末端。それより未来のない時点。時間は過去へと伸びるだけで、未来には伸びません。

そのことは、この時点が一種の**ミニ万物根源**となるということを意味します。ミカたちは、中生代の根源となったのです。そのため、健康診断では、中生代の調子を見なければいけなくなりました。

ミニ万物根源となった皆さんは、生活拠点を作るために、小田原市を再現しました。皆さんの馴染みがある学校はよく再現されましたが、ほかの場所はあまりリアリティが保てませんでした。

二人は歩き、小田原駅に近づきます。ふたたび、風景の質感がはっきりしてきました。小田原駅は皆さんがよく利用するためでしょう。

「今日だっけ、純華が死ぬの？」

ミカが尋ねます。

「そうよ。あの子も大変ね」

早紀が答えます。

ミカの脳裏には、純華が死ぬ記憶がありありと蘇ります。そうです、純華は小田原駅の前で死んだのです。いや、死ぬのです。

小田原駅はとても立派で、ピカピカと光っていました。神奈川県西部のターミナル駅ですが、電車はどこへも行きません。永遠にとどまっています。

ミカと早紀が着いたときには、ほかの皆さんは全員集合していました。

「ようやく、お出ましか。永遠の時のなかの、円環がまた動き出す……」

幾久世がつぶやきます。彼女も小説を読んで、自分がどのような理由で発話をするのか学んだのです。もちろん、このような中二病的な言葉遣いをするのは、クラスのなかだけであり、普通は常識人であるということも忘れてはいません。

「えぇと、今日は集まってくれてありがとう!」

純華がスピーチを始めます。

「あたしは死ぬけれど、みんな、大好きだぞー! くれぐれも、健康に気をつけてな! それじゃあ、親友の早紀が挨拶をしてくれるらしいぞ!」

「ご紹介に預かりました、八倉巻早紀でございます」

早紀が丁寧な言葉を発します。お嬢様ですから、このような儀式の場は慣れたものです。

「本日あの世に旅立つ純華は、わたしの幼稚園のころからの親友でした。彼女は昔から努力家でございまして、デザイナーになるという夢に向かって、一日一日を大切に過ごしていました。また、彼女の屈託のない笑顔は、見る人を癒やす魔法です。本日はお日柄もよく、こんな日に旅立つ……」

「おいおい、早紀ったら、まだるっこしいのはやめようぜ」

純華が、早紀の肩に顎をのせます。

事実、皆さんは、退屈な挨拶にうんざりしていました。千宙などは、イグアノドンの干し肉とシロアリの団子を食べ始めるしまつです。

「よしっ、じゃあ、始めようか。神木、準備はできたか？」

純華は、小田原駅のなかに声をかけました。

ごどぉーん、ごどぉーんと地響きが鳴ります。小田原駅から、巨大な影が現れました。

ティラノサウルス・レックスです。

ティラノサウルスは話し始めました。

「ええと……、その……、今日は……」

緊張してうまく話せないようです。

「ルナっち、がんばー」

小夜香が叫びます。それに応えて、ティラノサウルスの自信が増すという現象が起こります。

「今日は、わたしが白鳥さんを殺す日だね。うん。そう。この、鋭い爪で、白鳥さんの肉を引き裂く」

「よっ、日本一！」

小夜香の煽りで、ティラノサウルスの口は軽くなっていきます。

「だいたいさー、白鳥さんって、うざいんだよね～。いつも偉そうにしてるし。読モになったのがそんなに自慢かっていうの。まあ、それで、殺せるっていうのは、こっちとしても願ってたことだから。けど、八倉巻さんも殺したかったな。残念ながら、記憶にないからできないんだけど」

ひとしきり言葉を吐くと、ティラノサウルスと純華は向き合います。

小夜香は行司の格好をして、合図をします。

「はっけよ～い、のこった！」

ティラノサウルスと純華が動きます。

「のこった！　のこった！　のこった！」

純華は、ティラノサウルスの脚元に飛び込みます。素早い動きで、ティラノを翻弄しますが、最終的には、頭を蹴られて倒れてしまいます。

「ワザマエ！　勝負あり！　ぢ・えんど！」

小夜香は適当な言葉で終わりを宣言します。

ティラノサウルスは、爪で純華の胸をぐさりと突き刺し、頭を牙でくわえて脊髄を引っこ抜きます。

それから、食べますが、皆さんはティラノサウルスの食事シーンを面白おかしく見るほど暇ではないので、自然解散という流れになっていきます。

「ちょっとまって」

ミカがその流れを止めようとします。

「今朝から、三畳紀の調子が悪いんだけど。皆はどう？」

皆さんは、各自、自己診断して三畳紀の様子を感じます。その結果は驚くものでした。なんと、情報異常がどんどんと増殖しているのです。三畳紀は、恐竜類とクルロタルシ類と単弓類という三つのグループが覇権を取り合っていた時代です。末期には、大絶滅が起こってクルロタルシ類や単弓類の大部分が絶滅し、その後の恐竜の大繁栄への準備が整います。しかし、いま、その大絶滅がなかったことになっているのです。

進化史が書き換えられていきます。異常な**進化ウェーブ**が三畳紀からジュラ紀へと流れ込んでいます。皆さんは、それに対処するために、集中します。何事も、集中しなければ、はかどらないからです。

あまりにも集中していたために、あたりの変化に気づくのに時間がかかりました。

「あれを見て！」

早紀が、海のほうを指差します。

見慣れたものが透明になっています。

隕石衝突で生じた津波や衝撃波が、消えかかっているのです。

宇宙リライトです。隕石衝突に至る時間軸が書き換えられていました。

16　太陽系暴走

未来の記憶にない出来事が起こっています。中生代の聖域である時間ターミナルの秩序が壊れつつあるのです。

「いやいや、なんでだよ。いくら生命進化が変わっても、隕石が衝突するって事実は変わらないだろ」

幾久世が突っ込みます。地球上の生命進化が、はるか天空の事象を左右するなんて想像するのは難しいですね。

「おい、あれ、夜の面を見ろ!」

萌花が、地球の夜の面に意識を向けます。皆さんはそれに続きます。

空一面を、光が覆い尽くしていました。強い光ではありません。霧のような、白いモヤが夜の空を埋め尽くしていたのです。

「なにあれ?　新星?　ガス雲《うん》?」

ミカが疑問を発します。

「どちらも違うようだよ」

小夜香が解説します。

「三角測量の原理を使って計算すれば、あの天体は太陽系内にある――カイパーベルトよりも地球に近いはずだよ」

小夜香は、年周視差を利用して天体までの距離を計算していました。この方法は、少なくとも半年の時間がかかるはずですが、時間ターミナルでは、そんなことを気にしなくてもよいのです。

「しかも、どうやら、太陽系は銀河系のなかで方向転換しているようだよ」

太陽系は、銀河系の軌道を時速約八十五万キロメートルで公転しています。また、銀河系の垂直軸を上下しており、合わさってヘビのような、のたくり軌道をとっています。この運動によって、太陽系にもっとも近い星や北極星が時代ごとに変わります。白亜紀末期は、垂直軸で考えて銀河系のなかほどの位置に太陽系があるはずなのです。この位置は暗黒物質が集中しており、その重力変動によって隕石が衝突するはずです。しかしながら、太陽系の運動に急ブレーキがかかり、本来の位置からだいぶズレているのです。

隕石が衝突するという出来事が消えかかっているのも、銀河系内での、太陽系の位置が変わってしまったからでしょう。

「はっ⁉　意味わかんないよ。太陽系全体の運動量を変更するなんて……」

幾久世はまた突っ込みます。

「相手が誰だか知らないけど、どうやら、太陽系を動かせるだけの能力があるようだね」

「まだ進化ウェーブは白亜紀に到達していないのに!?」

「地球上の進化ウェーブは到達していないけれど、宇宙空間には到達しているようだよ」

小夜香の言うとおりです。地球上は生命進化の**時間慣性**のために、三畳紀から放たれた進化ウェーブはまだ白亜紀に到着していません。けれど、宇宙空間には生命がないため、時間慣性が小さく、そのため進化ウェーブがより早く到達したのです。

「どっちにしろ、このままでは、地球も長くはもたないわ」

早紀が言います。皆さんは、頑張って進化ウェーブに対抗していますが、三畳紀末の大絶滅が完全に消えてしまい、津波のように異常進化情報が押し寄せてくるのです。

「おっと、みんな、水星を見てみなよ」

小夜香の声で、一同は日の出前の時間帯に移動して、水星をズームアップします。皆さん、とても視力がお優れのようですね。いくつもの時間が重なり合わさり、地球上の各地に移動した皆さんの眼を合計して、一つの巨大なバーチャル眼球としているのです。

水星の姿は、一変していました。あの小さな惑星に、ヤブ蚊のような細かなモヤが大量に集まって、ナニヤラ作業をしているようです。惑星の五分の一ほどの大きさがある、巨大なクレーターがいくつもできています。

「もう時間がないわ。わたしとミカは、カイパーベルトに行く。小夜香、あなたは水星に行って！」

早紀は、ミカとともに、恐竜宇宙戦艦に乗り込みます。目指すは太陽系の果てです。敵の正体を調べ、どのようにして太陽系を移動させているのか突き止めなければいけないからです。

「あらまあ、そんなに焦って。それじゃあ、ルナっち、一緒に行こうか」

「がぉー！」

ティラノサウルスと化した月波は肯定の返事をします。

「えーと、わたしたちは何すればいいの？」

幾久世は手持ち無沙汰のようです。

「イクヨンたちは、過去からの進化ウェーブを頑張って止めといて。あと、たぶんここにも攻撃が来るから気をつけてね～」

「えぇぇ……、攻撃って……」

貧乏くじを引かされたと感じて、幾久世は「とほほ……」と発話しました。

17　アタック・オブ・ザ・スペースクロコダイル

体長百メートルを超す巨大なトリケラトプスがずんずんと宇宙空間を飛んでいます。

これは、恐竜宇宙戦艦です。地上ではこんな大きなトリケラトプスは内臓が潰れて死んでしまいますが、無重力空間で成長させることで立派に大きくなりました。

なかには、ミカと早紀が乗っています。

推進源は、トロオドンを条件づけさせて無料労働力として働かせ、天然原子炉から抽出したプルトニウムで作った原子爆弾です。核爆弾をお尻で連続的に爆発させて推進する核パルス推進です。

一G以上の負荷がかかり、被ばくもしますが、死んだら時間ループさせて復活すればよいのです。

ここは、太陽系の果て、カイパーベルト。冥王星を筆頭にして大小無数の氷の天体が漂っているところです。

いつもならただ寒いだけの平和な場所ですが、いまは違いました。

太陽系を覆う謎の物体。恐竜宇宙戦艦が近づくにつれて、その正体がはっきりしてきました。

ミカのファースト・インプレッションは「オリガミ」でした。

正方形をした、非常に薄い、それこそ紙のオリガミのような物体が、無数に漂っているのです。

それらの一辺は、一から百キロメートルまでまちまちでした。

オリガミ物体たちは、挙動までも、オリガミのようでした。うねうねと、うごめいて、まるで、見えない手が操っているかのように、折れ曲がっていたのです。

その折り方は、複雑奇怪でした。平面が、何重にも折られることで、立体ができます。花や台風、人の血管のような形になったかと思うと、立体はすぐに展開されて平面に戻ります。折り目でできた模様を見つめると、異界へと吸い込まれそうになります。部分の模様が全体と同じという、フラクタル構造になっているのです。部分を見たと思えば、それは全体で、全体を見たと思えば、それは部分……。

「ソーラーセイルかな？」

ミカが推測を述べます。

「違うわよ。太陽からの距離が遠すぎてあの程度の大きさじゃ意味ないわ」

早紀が答えます。

いずれにしても、調べるにはもっと近づかなければいけません。

恐竜宇宙戦艦が加速したとき、オリガミ物体の動きが活発になりました。縦に横に折り目が走ったかと思うと、みるみるうちに富士山やグランドキャニオンレベルの規模になります。うずまきのような構造物が作られますが、一瞬でまた平たい面に戻ってしまいます。

「ねえ、接近するスピードが速すぎない？」

ミカが聞きます。恐竜宇宙戦艦の能力からは考えられないほど速く、オリガミ物体が近づいてきているのです。

「違うわ！　向こうが動いているのよ！」

早紀は驚きます。オリガミ物体が、恐竜宇宙戦艦に向かって急加速しているのです。

「えっ!?　そんなことある？　だって、推進剤がないよ……」

ニュートンの第三法則を思い出しましょう。作用反作用の法則です。力が加えられると、それと同じ大きさで逆向きの力が働きます。宇宙船はこの法則を使って推進しているのです。高速で噴出された燃料の反作用として、宇宙船が飛ぶわけです。

宇宙船が前に進むためには、後方に推進剤を放出しなければいけません。それなのに、オリガミ物体を観測したところ、推進剤となるどのようなジェットも観測できないのです。

オリガミ物体が近づくにつれて、その中央にあるものがはっきりと見えてきました。ワニです。体長が五百メートルほどの巨大ワニです。ワニの腹からは、肉がはみ出し、伸び広がって、オリガミとなっています。四肢も肉のなかに埋まっています。中央のワニから、放射状に血管と筋肉が伸び、ピクピクと動いて器用に折り目を作っているようです。

このワニを「スペースクロコダイル」と命名しましょう。

「こうなったら、核爆弾をお見舞いしてやるわよ！」

早紀が意気込みますが、方向転換のためにエッチラオッチラやっている間に、恐竜宇宙戦艦とスペースクロコダイルとの距離はどんどんと短くなっていきます。

衝突です！

スペースクロコダイルのオリガミは、非常に薄いのにかかわらず、丈夫なようです。恐竜宇宙戦艦がぶつかっても破けません。

「ミカ！　行くわよ！」

早紀が恐竜宇宙戦艦の口のほうに移動します。

「えっ？　どこに？」

「あのワニのところに行って、脳をハッキングするのよ！」

二人は、外に出ました。宇宙空間に、平面がどこまでも続いています。オリガミ部分は硬めの敷布団のような踏み心地です。車が通れるくらい大きな血管が走っており、そこから、大人の腕ほどの太さのより細かな血管、果ては小指や針先くらいの太さの毛細血管に分かれています。まるで、田んぼや工場の区画のようです。

「あわわわわわ！」

ミカが慌てています。遠くの平面が盛り上がり、こちらへと折りたたまれてきたのです。スペースクロコダイルは、二人を潰して殺すつもりに違いありません。あるいは、気にもしておらず、これまでと同じような動きを見せているだけなのか。

足元でも動きが感じられます。細かな折り目ができて、思わず足を取られて、挟まれそうになります。

「走るわよ！」

「うわわわわわ！」

二人は手足を動かし、オリガミ部分を伝って中央のワニに向かいます。非常に激しい運動で、老人にはちと酷でしょう。

ロープを引くように、両手でオリガミの血管をつかみ、全身を移動させます。さっきまでまっさらだった一面は、いまや、複雑な溝というかシワが寄っています。小さな血管は、折りたたまれたときに破け、血液が流れ出ます。無重力ですが、表面張力があるため、血液はとどまり続けます。

ミカは手にぬるっとした感触を覚えました。血液のなかに、生物がいたのです。ミリ単位からセンチメートル単位の魚です。外見はウナギのようです。試しに食べてみましたが、生臭さが勝ってウナギの代用品にはなりそうにありません。

ウナギもどきは、大量に出現していました。春になったらそこらじゅうから湧き出す毛虫のようです。

やがて、血液は、真空にさらされて蒸発していきます。蒸発した血液は、気化熱が奪われて、凍りつきます。ウナギもどきも瞬間冷凍です。オリガミのあちらこちらで、凍った血液がクリスマスツリーの飾りのように光ります。

さらに、凍りついた血液が震えて、はがれます。かさぶたがはがれるように、いくつもの破片が宙を舞います。表面は凍りついていますが、内側は気化し続けているために、飛び出してきたのです。

空には、幾何学的模様が広がります。折りたたまれた平面が上方を覆い尽くしてきたのです。

巨大なフラクタル図形を背景に、凍りついた血液とウナギもどきがピカピカと光を乱反射する光景は、ゲームのCGのようでした。

そんな悠長な感想を抱いている場合ではありません！　いまや、二人は、オリガミに押しつぶされる寸前なのです。蛇腹状に折りたたまれた平面が、人間の脚をはさもうとします。

ここは、老人の秘められた力をフルに使うときでしょう。死ぬほど努力して体を動かした結果、無事にワニに到着しました。努力はするものですね。

ワニの頭にたどり着いた早紀は、鼻からケーブルを取り出して、ワニの脳と接続してハッキングします。

「リア、できそう？」

「お茶の子さいさいでございまぁす」

こういうときに、リアは便利です。

「ええっと、なーるほど、なるほど。そういうことねー、完全に理解した」

リアは完全に理解したそうです。何を理解したのでしょうか？

スペースクロコダイルが、宇宙を飛ぶ原理についてです。

では、どのような原理なのでしょうか？　リアさんに説明してもらいましょう。

「基本的には、マッハの原理によるねー。マッハの原理っていうのは、『慣性は物体と他の宇宙全体との関係性による』っていう原理なんだ。ある物体がどんな慣性を持っているかということは、宇宙全体とどのような関係にあるかで決まるってこと。常識的には、宇宙全体は等方性――つまりどの方向を見てもあまり変わらないってこと――が成り立つって考えるんだけど、実は宇宙は全体として、すっごく特殊な運動をしてるんだ。その宇宙の運動は、普通は影響がないけれど、ある特殊な関係性が成り立ったときにのみ、パズルのピースが合うように、ニュートン力学では説明できない慣性が生じるってわけ。スペースクロコダイルの動きは、宇宙との特殊な関係性を成り立たせているものなんだよ。どうやら、慣性変化を使って、太陽系全体の運動量を変更していたらしいね」

ということらしいです。けれど、不思議ですね。ニュートン力学では説明できない慣性を生じさせる動きというのは、とてもとても特殊なはずです。そうでないと、力学法則はわけがわからないものとなって、この宇宙の秩序が成立することはなかったでしょうから。一介のワニに過ぎないスペースクロコダイルが、どのようにしてそんな動きを進化させたというのでしょう。

「どうでもいいわよ。役に立てばいいの。これで地球に帰るわよ」

早紀はスペースクロコダイルの動きを操って、加速します。

そこに、水星へと行った小夜香たちの通信が入ります。

「ねぇねぇ、見て見て！　水星、すごいことになってるよ！」

18　ティラノサウルスvsスペースクロコダイル

あなたの想像上のカメラを、一気に二万五千光秒かなたへとジャンプさせましょう。太陽系の果てから水星へと、一瞬で移動します。想像上のカメラは光よりも速いのです。

水星は特大サイズの銃弾で貫かれたように、トンネルだらけになっていました。惑星を突っ切って反対側に抜けるほど深いトンネルです。

トンネルは、太陽に向かって一直線に伸びているようで、反対面での太陽の光が見えます。水星はゆっくりと自転しているはずですが、光に変化がありません。まさか、水星の自転までもが止められているということでしょうか？

異様な水星のすぐそばを飛ぶのは、ティラノサウルスです。小夜香と月波が乗り込んだ恐竜宇宙戦艦は、ティラノサウルスなのです。

ティラノサウルスは方向転換して、水星の太陽側に出ます。

「うっわーなにあれー！」

月波が素朴な驚きを口にします。

それだけの感想を抱く価値がある光景です。トンネルの入り口を中心として、長い棒が、放射状に生えているのです。まるで、ウニの針を使った生け花の競技会場のようです。

「はい、リアちゃんです。解説するねー」

誰も何も言っていないのに、勝手にリアが出てきて解説し始めます。このAIがまともに作動しているとはとても思えませんね。

リアによると、どうやら、水星全体が発電機となっているらしいです。**電気流体力学風力発電**です。太陽からは、膨大なエネルギーを秘めた電荷粒子プラズマの「風」が吹いています。通常の風力発電は、風でプロペラを動かして、磁場のなかでコイルが動くことによって電流を生み出しています。コイルが力を受けると、磁束が変化したことになりますので、「磁束の変化を打ち消す向きに電流が発生する」というファラデーの電磁誘導の法則にある通り、起電力が生み出されるのです。電気流体力学風力発電では、コイルの代わりに電荷粒子プラズマを使います。水星のマントル対流が磁場を生み出し、そのなかを、電荷粒子プラズマが通り抜けることによって発電が行われるのです。作られた電力は、超伝導体ケーブルを伝って、宇宙空間のスペースクロコダイルに渡されます。トンネルの周囲にある棒状の針は、電荷粒子プラズマを誘導する装置でしょう。

「なるほどー、それなら、あれを破壊すればいいんだよね～」

小夜香は、ティラノサウルスをトンネルへと向かわせます。

「小夜香！　なんか来たよ！」

無数のスペースクロコダイルが、ティラノサウルスに近づいてきます。

「ルナっち、警告ありがとー」

小夜香はティラノサウルスを操り、プラズマ誘導針に接近していきます。

誘導針は、とても細長く、とてもトゲトゲしています。ティラノサウルスは比較的小さかったので、その間に入り込むことができましたが、スペースクロコダイルは大きいというか広いため、トゲトゲの針に串刺しになってしまいます。

ティラノサウルスはするすると針の間を通り、トンネルへと近づきます。

「さっすが、小夜香！　やっぱり、わたしの親友だけある！」

「おいおい、ルナっち。油断するのはまだ早いようだよ～」

針に突き刺さったスペースクロコダイルたちが身震いします。中央のワニのアゴが開き、実際には音が響かない宇宙空間なのに、咆哮が聞こえてきそうです。

やがて、スペースクロコダイルのオリガミ部分が破けました。十分の一ほどの大きさになっても、器用な折りたたみ能力は鈍っていません。むしろ、より速く、より複雑になったようです。慣性操作能力は失っていないようで、執拗にティラノサウルスを追いかけます。

あっ！　ティラノサウルスが水星のトンネルへと入りました！　プラズマが非常に濃くなっている領域に入ったので、表面がどんどん焼かれていきます。

続いて、スペースクロコダイルたちも、飛び込みます。

入り口は、日本列島がすっぽり入ってしまうほど大きなトンネルですが、途中から幅が狭まってきます。電荷粒子プラズマの速度を上げるためです。管が細くなって、断面積が小さくなると、流体の速度が上がるのです。

周囲には、紫色や緑色、赤色の風が漂い始めます。太陽風と水星の大気が衝突してイオン化しているのです。水星の大気は非常に薄いですが、中心付近に重力で大気が集中しているのと、プラズマが加速して高エネルギー状態になっていることが原因でしょう。

紫色の風を切り、ティラノサウルスは飛びます。

「やっべー、小夜香！　後方から敵来てるよ！」

「あいあいさー！」

ティラノサウルスが宙返りして、スペースクロコダイルと向き合います。口を大きく開き、なかからレーザービームを発射します。

ビームによって電離された分子が炎を上げるようにきらめきます。その炎の軌道は、スペースクロコダイルにまっすぐと伸びていきます。

大爆発です！　スペースクロコダイルは炎のなかで苦悩の断末魔の叫びを上げます。大気が震え、今度こそ、音が伴います。

「やったー！　ざまあみろスペクロ！　さすが小夜香……って！　前！　前！」

トンネルが、砂時計のくびれのように、急に狭くなり始めました。その幅は百メートルほどです。ティラノサウルスが通り抜けられるギリギリのサイズです。減速しようにも、プラズマ流が速すぎてどだい無理な話です。

「おーけー、おーけー」

小夜香は慎重にコントロールして、トンネルを通り抜けました。

行きがけの駄賃に、核爆弾を残していきます。

爆発で、トンネルが崩壊します。

「やったー！　これで発電は止まる！　さすが小夜香……って！　うわぁぁぁぁぁぁ！」

月波は大げさに驚いたわけではありませんでした。核爆発の規模が思ったよりも大きく、トンネルが崩落するに飽き足らず、マグマが噴出してきたのです。水星のマントルです。

プラズマ流によって加速されたマグマがティラノサウルスを襲います！

「ぐわぁぁぁぁぁぁぁぁぁぁ！」

月波の叫びとともに、一気に水星内部を駆け抜け、間一髪で脱出します！

19 恐竜部隊進撃せよ！

「え？　水星の発電機を壊した？　それはよかったね！　こっちは大変だよ！」

幾久世が、公衆電話の受話器を投げ捨てました。

頭上には、巨大な影があります。スペースクロコダイルです。ついに、地球の大気圏にも侵入してきたのです。

スペースクロコダイルは、空気抵抗で成層圏に浮かび、そこから空爆のようにウナギのような魚を雨あられと降らしてきました。

その魚は動物の皮膚を食い破り、体内から内臓や血管や脳神経を破壊するのです。おかげで、白亜紀の生物はひどい迷惑です。

迷惑といえば、幾久世も被《こうむ》っています。貧乏くじを引かされて、地球に残らされ、いつの間にか司令官みたいなポジションに立たされてしまっているのです。

しおりと萌花は、勝手に動いてくれるからいいんですが、問題は千宙です。千宙は、いっときも幾久世のそばを離れません。しかも、役立たずです。いつも、大好物のシロアリを食べているか、ハグしてくるだけです。

「おい、何やってんじゃ」

幾久世は千宙の背中を軽く叩きます。こんな事態になっているというのに、千宙は蟻塚にストローを差し込んでシロアリを吸っています。

「シロアリ吸い」

「ちひろ〜。こんな非常時にシロアリ吸わないでよ〜」

もはや、我慢の限界です。

「幾久世。キャラ違くない？」

「いやいやいや、これでいいでしょ。非常時になると余裕なくなるんだから。そういう千宙だって、違うでしょ！」

「えっ？　そうかな……」

ごっこ遊びの繰り返しにより、千宙は自分がどのような理由に影響されるかということを把握していますが、いまだ、理由をリアルに感じられていないため、ときどきどのような言動や発話をするべきなのか、わからなくなることがあるのです。

「そうだよ！　シロアリは吸わないだろ……」

「いや、吸うよ。というか、千宙のキャラは内面独白にあって、いまそれを忠実に再現しているのであって……」

「ええい！　そんなことどうでもいいんじゃい！」

公衆電話がジリリリリと鳴ります。うんざりしたような顔で、幾久世は受話器を取ります。

「もしもし、神木さん？　自慢話はもういいから……、あっ、汀さんか。どうしたの？」

受話器から聞こえる萌花の声は、いかにも危機感があるという風な感じが伴っているような気がしました。

「たいへんだ！　スペースクロコダイルが落ちてきた！　海を覆って、酸素を奪っている。テチス海の生物は全滅だ。ここももうすぐ……、うわぁ！」

ツーツーツーと電話が切れました。

「ああもう、汀さんも死んだの!?　数少ないまともな人だったのに……。また負担が増える。どうすればいいんじゃい！」

幾久世は電話を蹴ります。

「幾久世はじゃいなんて言わない」

「言うんじゃい！」

ジリリリリとまた電話が鳴ります。

「もしもし、汀さん、無事だったの？　あっ、峰岸さんか。え!?　北大西洋も全滅!?　勘弁してよ……」

「ていうか、過去からの侵略もやばいよ。いま、ジュラ紀も書き換えられてる」

千宙がシロアリを咀嚼《そしゃく》しながら言います。

「んなことわかってるよ、うるさいんじゃい！　あごめん、千宙と話してた。あーそーだね、こうなったら、敵の起源に殴り込むしかないよね」

幾久世は受話器を置いて、千宙の首根っこをつかみます。

「どこ行くの？」

「三畳紀じゃい！」

＊

幾久世は、三畳紀に進撃するための部隊を用意しました。

空挺偵察部隊としてプテラノドン五千羽。地上偵察部隊としてオルニトミムス二千頭。

歩兵としてディノニクス三千頭。重戦車としてトリケラトプス千頭。水陸両用戦車としてスピノサウルス五百匹。ラッパ係および交響楽団としてパラサウロロフス二百頭。主要攻撃部隊としてリトロナクス、アルバートサウルス、ユティランヌス、タルボサウルス、ティラノサウルスなどの獣脚類を一揃い召喚しました。

旗艦となるのは、三十メートルある巨大アンキロサウルスです。しおりが脳接続して動かし、幾久世と千宙が装甲の上に備えつけられたマシンガンを撃ちます。

殴り込みに行く部隊としては、少々心もとない気がしますが、しょうがないのです。白亜紀は、宇宙と過去の両面からの攻撃で混乱し、情報が分断され、これだけのメンバーを召喚するのがやっとだったのです。これでも、幾久世は死ぬ気で頑張ったのです。

事務仕事を徹夜でやらされて眼が真っ赤の幾久世が号令をかけます。

「恐竜部隊進撃せよ！　目標は三畳紀！」

恐竜部隊は進化ウェーブに逆らい、三畳紀を目指します。幾久世、千宙、しおりの三人は、ミニ万物根源の一部として、時間を震わせて、情報の流れを過去に送ります。

白亜紀から、ジュラ紀前期に移動しました。そこは大混乱を極めています。本来であれば、三畳紀末の大絶滅によって、クルロタルシ類はワニ型類という現生のワニにつながる系統以外が全滅するはずでした。巨大なクルロタルシ類が死滅したことで、恐竜類は巨大化へと進むはずなのです。それなのに、三畳紀末の大絶滅がどこかに消えてしまい、三畳紀からジュラ紀へと、強力なクルロタルシ類がどんどん堰《せき》を切ったように流れ込んでくるのです。

もちろん恐竜も負けていません。迫りくるクルロタルシ類を前に、アロサウルスが肉を裂き、ステゴサウルスが尻尾のスパイクを振るい、ディプロドクスが巨大な脚で押しつぶします。それでも、恐竜は不利です。クルロタルシ類のほうが、圧倒的に有利な地形なら ぬ時形にいるからです。クルロタルシ類は、アロサウルスやステゴサウルスやディプロドクスがまだ弱々しい種だった過去を攻撃することができるのです。時間戦争において、過去は未来より有利な時形なのです。

幾久世たちは、ジュラ紀を無視して、一気に三畳紀に行って、敵の起源を叩こうとしました。

ところが……！

「**時間礁**だ！　時間バランスが保てない！　時間座礁する！」

時間礁。それは、特異的な情報量の増加時点です。情報量は、一般的に万物根源に近い時点ほど多いのですが、まれにその原則に従わない時点が出てきます。そのような時点は、時間の波に乗るタイムトラベラーにとって曲者なのです。

時間礁に激突し、幾久世たちは、クルクル回転します。せっかく幾久世が苦労して集めた恐竜軍団も、離れ離れになってしまいます。

「うわぁぁぁぁぁぁぁぁぁぁ！」

幾久世たちは叫びながら三畳紀中期に墜落していきます。

「はっ！　みんな大丈夫？」

「大丈夫……」

「大丈夫ですよ」

千宙としおりは無事なようでした。しかし、旗艦のアンキロサウルス以外の恐竜とははぐれてしまったようです。

「ここは……？」

目覚めたところは、一面の砂漠地帯でした。砂嵐がびゅうびゅう吹いています。

三畳紀において、砂漠は珍しくありませんでした。すべての大陸が一つの超大陸パンゲアとなっていたのですから、その中央部となると、海からの湿気がまったくと言ってよいほど届きません。

珍しくない地形のはずですが、幾久世は悪い予感がしました。砂嵐の向こうに、この時代にあってはいけないようなものがある気がするのです。

砂嵐が落ち着くと、案の定、悪い予感が当たりました。

「なっ、なんだこりゃぁぁぁ！」

ピラミッド……。そうとしか言いようがない構造物が、いたるところにありました。エジプト式ではなく、どちらかといえば、マヤ式のピラミッドでしょう。巨大な四角い岩が、階段状に積み上がっています。頂上からは、噴水のように水が空高く放出されています。その水は、川となって、ピラミッドをらせん状に下ります。

川の流れは、ピラミッドの周囲を複雑に循環していました。幾多の支流に分かれ、支流が合流し大きな流れとなり、また分岐しています。まるで、川が糸となり絨毯を編んでいるかのようです。

川の水は、清涼なものとはほど遠く、濁った緑色をしていました。カビのような生臭いニオイが漂ってきます。

そんな気持ちの悪い水ですが、なかには、動物たちがいました。

ヒトの身長くらいの体長で、トカゲを太らせたような外見です。アンキロサウルスに似ていなくもありません。全身に骨のような装甲があるのです。

「アエトサウルスの仲間みたいだけど……」

リアが解説します。アエトサウルスとは、この時代においてもっとも繁栄したクルロタルシ類の一つです。

「けれど、違うところがあるね。アエトサウルスから分岐した種だよ」

どこが違うというのでしょうか？

「口だよ、口。アエトサウルスは普通の陸上植物食だったから、あんな口してないよ」

あなたの想像上のカメラは、動物の口元をズームアップします。下顎よりも長い上顎から、無数の櫛《くし》のような器官が伸びています。これは、シロナガスクジラなどの濾過摂食動物におなじみのものです。この動物を「アエトサウルス・ペクテン」と名づけましょう。「ペクテン」とは、ラテン語で櫛を意味します。

アエトサウルス・ペクテンは、目立った動きもせずに、ただ水が流れてくる方向に頭を向けて、顎を突き出しているだけです。流れてくる藻や微生物を食べているのでしょう。

そんな動物が、見渡す限り何百頭もいます。

「とりあえず、あのピラミッドに行ってみようか」

幾久世はしおりに声をかけて、アンキロサウルスを動かします。アエトサウルス・ペクテンにおそるおそる銃口を向けますが、反応はありません。

ピラミッドに向かうと、その大きさが実感できます。歩いても歩いても一向に距離が縮まらないのです。遠近法の魔術ですね。

ピラミッドが近づくにつれて、川は大きくなり、動物の数も多くなっていきました。アエトサウルス・ペクテンは密集して、食事をしています。その背中に立ち、ジャンプしながら渡っている動物がいます。二足歩行の恐竜のようですが、尾を縦に振り、脚を揃えてジャンプしているので、カンガルーのような挙動です。

「クルロタルシ類のエフィギアの仲間だね」

エフィギアは、速く走るよう進化した動物ですが、そこから分岐して、カンガルーのようなジャンプ移動になったのでしょう。アエトサウルス・ペクテンの背をジャンプする姿は「因幡《いなば》の白うさぎ」の神話を思い浮かべます。そこで、「エフィギア・イナバ」という名前をつけましょう。

エフィギア・イナバの一頭が、川から離れ、アンキロサウルスに近づきました。ぴょんぴょんかわいらしい動きですが、何考えているかわからない爬虫類の顔であるだけに、不気味さを醸し出していますね。

「おい！　くるな！　止まれ！」

幾久世はここでパニックになるのが彼女のキャラクター性を反映していると考えて、マシンガンを撃ちました。かわいそうに、エフィギア・イナバはその名前の由来であった因幡の白うさぎと同じように皮をはぎ取られてしまいます。

その一撃が周囲の空気を変えました。テレパシーでも使ったかのように、いっせいにエフィギア・イナバたちが押し寄せてきたのです。

「一斉射撃はじめ！」

幾久世と千宙は装甲の上を走って、四方八方からやって来る爬虫類たちに銃弾を撃ちつけ殺していきます。しおりはアンキロサウルスを操り、銃弾をかいくぐってやって来たやつらをハンマーで打ちつけます。

いくらぴょんぴょんジャンプしているといっても、所詮は爬虫類に変わりありません。恐竜とマシンガンには勝てないのです。死屍累々、死体が積み重なっていきます。

「ははは！　こいつら弱いんじゃい！」

余裕をかましていると、ピラミッドのほうから、無数の影が飛んで来ました。奇妙な動物です。

知られている限り、空を飛ぶ動物——滑空ではなく、自らの翼を動かして能動的に空を飛ぶ動物——は昆虫、翼竜、鳥の三種類しかいませんが、そのどれとも異なっています。ヘビのように長い胴体が「S」字を鏡文字にしたように曲がりくねっています。その先端には、悪魔のように醜い顔がついています。奇妙なのは、背中です。普通、空を飛ぶ生き物といえば、翼が二つですが、この動物の背には、細長く幅が狭い無数の翼がついているのです。まるで、扇子をバラバラにして刺したような形です。

「あれは、ロンギスクアマの仲間だね。もともと、放熱板としてスティック状の板を持っていたと考えられるけど、この動物はそれを多葉機のようにして飛ぶために進化させたみたい」

多葉機の欠点は、前の翼に気流を乱されることですが、この動物は、体を縦にしながら飛ぶという方法で解決しているらしいです。

多葉機の開発者の一人として、ホラティオ・フレデリック・フィリップスさんが挙げられることを、あなたは否定しないでしょう。彼の名前を取って、あの動物を「ロンギスクアマ・フィリップス」と名づけましょう。

幾久世たちは、ロンギスクアマ・フィリップスを撃ちまくります。敵の攻撃が二次元から三次元に増大するわけですから、労力は桁違いに上がります。人間はヘトヘトに疲れてしまいます。

疲れるので、幾久世たちは、ピラミッドの近くへ移動することにしました。ピラミッドが陰になって、アンキロサウルスに対する上空のロンギスクアマ・フィリップスの総量が減ることを期待したのです。

「あ！　ピラミッドに穴があいているよ」

千宙が報告します。都合が良いですね。あの穴に入りましょう。

アンキロサウルスは、穴に突入しました。穴のなかは真っ暗です。そりゃそうですね。エジソンが電球を発明するまで、あと二億年以上かかるのですから。

でも大丈夫。幾久世たち一同は、中生代のミニ万物根源なのです。中生代の生物のさまざまな情報にアクセスできるのですから、当然、赤外線も感知できます。

穴のなかは、大きな空洞が広がっているようです。エンパイア・ステート・ビルを一ダース入れても、まだおつりが返ってくるほどです。

眼が赤外線モードに慣れるにつれて、なかの光景がはっきりしてきました。一同は、ここは驚くところだと判断し、「はっ！」と息を呑みました。

壁一面、いたるところに生き物がへばりついていたのです。まるで、ゴキブリのように、ところ狭しとひしめき合っています。

ゴキブリのようにという比喩を使いましたが、そのアナロジーは大きさにまで適用できません。生き物は大きかったのです。背中には、色々な装甲を背負っています。ゴツゴツしたもの、トゲトゲしたもの、スベスベしたもの……。そうです、アエトサウルス類の仲間たちが大集合していたのです。

幾久世たちの動揺を感知したのか、アエトサウルス類の仲間たちはポロリポロリと落ちてきました。

この状況は、パニックになるという理由を提供しそうです。

「うわぁぁぁぁぁぁぁぁぁぁ！」

幾久世たちはパニクりました。押し寄せるアエトサウルスを前に、マシンガンを乱射しながら出口へとバックします。

出口で待ち構えていたのは、ワニの後ろ脚を大きくして、直立二足歩行させたような動物でした。かなりの巨体です。

「肉食のクルロタルシ類、オルニトスクスの仲間だね〜。オルニトスクスは完全な二足歩行ではなかったと言われてるんだけど、どうやら、恐竜のように肉食で二足歩行という進化を成し遂げたみたいだね～」

「解説ありがと！　そして撃つんじゃい！」

幾久世はリアにお礼を言いながらマシンガンを撃ち続けます。

マシンガンは、強いです。とても効率的に動物を殺傷できます。ところが、オルニトスクスは何発食らっても平然としています。銃弾が肉のなかへと入らず、表面で弾かれているのです。

「オルニトスクスは全身を鎧のように骨で覆っていたと考えられるよ～」

「そっかー、なるほどね！」

オルニトスクスがどんどん近づいてきます。ついに、旗艦アンキロサウルスの頭をそのアゴで破壊してしまいました。

アンキロサウルスと接続しているしおりは、ショックで死んでしまいました。

「マジかよー」

マジです。これからは、幾久世と千宙の二人でなんとかしなければいけません。

ジリリリリ！　アンキロサウルスの装甲の上に設置してある公衆電話が鳴ります。

「なんだよ！　このマジクソ忙しいときに！　あっ、八倉巻さん？　もうちょっと時間を稼げって？　この状況わかってて言ってるんですかぁ～。え？　頑張れって？　はいはい。わかりました。わかったよ。やるよ！　やるんじゃい！」

幾久世はマシンガンを両手に持ち、「うぉぉぉぉぉぉぉぉぉ！」と叫んでオルニトスクスに突撃しました。別にやけになったわけではありません。いくら、全身を骨で覆っていようとも、脚のつけ根までは覆わないという判断なのです。

予感は的中しました。銃弾が命中して出血します。ただし、バカでかいためか、なかなか倒れません。むしろ怒りで動きがますます活発になったようです。

幾久世はオルニトスクスの脚元をちょこまかと逃げ回りますが、転んでしまいます。絶体絶命です。千宙は助けに来てくれません。ハナから頼りにならないことはわかりきっていました。きっと、どこかでシロアリを探しているに違いありません。

こういうときは、絶望して、眼を閉じるのが一般的ですので、幾久世は絶望して、眼を閉じました。

そのとき、遠くから、はるか遠くから、音が聞こえてきました。重低音です。とてつもなく、巨大なものが動いている音でしょう。

音は、どんどんと近づいて来ました。その音は、空気が振動する普通の音ではありませんでした。時空が振動する音だったのです。

幾久世は、何が近づいて来たのか、悟りました。

白亜紀です。白亜紀が、三畳紀に衝突しました！

20　時間津波

白亜紀が三畳紀に衝突した勢いはものすごくすさまじいものでした。時間はゆさゆさと揺れ、いくつもの波が互いに強めあい、**時間津波**となりました。

時間津波は、異常に進化したクルロタルシ類を押し流しました。未来から過去へと襲いかかる時間津波は、過去から未来へと侵攻するクルロタルシ類よりも強力だったのです。

守護者である生命の進化を失った時間は、みるみるうちに構造を崩壊させていきます。

見てください！　あんなに高くエラそうにそびえ立っていたピラミッドが、音もたてずに落ちていきます。原子サイズの微細な穴がそこらじゅうにあいて、物質的秩序を維持することができなくなったのです。時間を失った物質は消え去るのみです。

「やっほー！　小夜香だよ～」

時間津波を、サーフィンボートで波乗りしながら小夜香が現れました。**時間サーフィン**です。

「危機一髪だったわね」

後ろには、早紀も続きます。堂々たる乗りっぷりです。お嬢様である早紀は習い事をたくさんしているので、サーフィンも得意だろうという判断なのです。

一方、月波とミカは心もとないバランスで恐る恐る波に乗っています。

「あーーーー、心臓に悪い……。一体全体、この状況はなんなんじゃい！　説明してくれますか……？」

幾久世は、マシンガンを放り出し、文句を言いました。

「あ、千宙、これおみやげね」

早紀は、幾久世の質問を無視して、白亜紀から持ってきたシロアリの巣を千宙にあげました。千宙は、何も言わずにストローでシロアリを吸い込みます。

「この計画の発案者はミカよ。説明は彼女が担当するわ」

「あ、どうも、ご紹介にあずかりました、空上ミカです」

ミカが緊張気味にしゃべります。

「この度のわたくしの作戦は、非常に独創的なものでした。白亜紀自体を三畳紀に衝突させて、異常進化の情報の流れを食い止めるというものです。計画は無事成功して、クルロタルシ類に代表される進化ウェーブは三畳紀に折りたたまれて初期状態に戻りました。これも皆さまの応援あってのことで……」

「ゴタクはいいから、要点だけ頼むよ……」

「えー、コホン。わたくしは、自らを**時空ワーム**として、白亜紀の側面に、細長い新たな分岐時間を作り上げました。この時間は不安定ですが、それゆえに時間慣性が少ないため、可塑性が高いのです。時間をらせん状に丸めて、**時間誘導コイル**として、白亜紀を精密にコントロールすることが可能になりました。それを使い、三畳紀に衝突させたということです」

「なるほど……。その手があったか……」

幾久世は納得しました。

「そして、この異常進化ウェーブを起こした犯人が推理できたわよ！」

早紀が高らかに宣言します。

「犯人は……あなたよ！」

早紀が指差したのは、地面でした。正確には、地面の水たまりです。いや、もっと正確には、水たまりに浮いている生物です。

小さな小さな魚のような生き物でした。目を凝らさなければ見つかりません。細長い、ウナギのようなヌメヌメしたやつです。

「コノドント類だね。魚よりも原始的な、脊索動物の仲間だよ」

リアがいつも通り解説します。

一同は、コノドント類を見つめました。いや、正確には、コノドント類のなかにある遺伝情報を見つめました。

正確に正確を重ねて言うと、早紀の指は、生き物ではなく、この遺伝情報を指していたのです。

この遺伝情報こそが、今回の騒動の犯人らしいです。

遺伝情報は、自分を見つめる人々を、じっと見つめ返しました。

そして……。

「あっ！　逃げた！」

遺伝情報が過去に逃げ出しました。時間津波でやられていなかった情報血管をたどって脱出したのです。

「都合がいいわ！　フクロのネズミよ！　この先には、ペルム紀末の大絶滅があるわ！」

ペルム紀末の大絶滅といえば、地球史上最大の絶滅事件です。すべての生物種の九十パーセントが絶滅したとも言われています。そんな過酷なところを通るのは、いくら遺伝情報といっても至難の業です。そもそも、遺伝情報の媒体となる生物が不足しているのですから。そんなわけで、大絶滅は一種の時間の「壁」のようなものなのです。

「あひゃひゃひゃひゃひゃひゃぁ！」

一同は、そんな奇声を上げて、サーフィンをして過去に向かいます。興奮した人間は、奇声を上げるのです。

ところが……！

「あれっ？　あれあれあららららあれれ⁉」

皆さんの奇声は、困惑の声に変わりました。そこにあるはずのものが、なくなっていたのです。

ペルム紀末の大絶滅が消えてしまっていました。影も形もありません。

21　ヘヴンズドアが開く

「どどどどういうことなんじゃい⁉」

幾久世が、疑問の声を上げました。

そう言われても、何が起こっているのか見当がつきません。三畳紀末の大絶滅に引き続いて、今度はペルム紀末の大絶滅まで跡形もなく消えてしまったのです。

「もしかして……、二つの大絶滅は、時間のなかにあるものではなく、時間の外にあったということ……⁉」

早紀の推理はこうです。三畳紀末の大絶滅と、ペルム紀末の大絶滅は、もともと時間の外にあって、中生代と交差していたが、中生代切断計画によって、中生代がズレたことで時間から離れてしまった。

考えづらい結論ですが、これを受け入れざるを得ないようです。「不可能なことを排除したあと残った結論は、どんなにありえないと感じようと真実だ」とかなんとかいうことを、かの名探偵シャーロック・ホームズさんもおっしゃっていたではありませんか。

「そんなことより！　あいつが逃げる！」

ミカは遺伝情報を追います。大絶滅がなくなったのですから、やすやすと地質時代の間を通り抜けられます。

「やばいわよ！　コノドント類の系統樹はここから真っ直ぐカンブリア紀まで伸びているわ！　逃したらダメよ！」

皆さんは、焦りました。焦ると、心拍数が上がって、筋肉がさかんに活動を始めるものなのです。

時間の波に乗るだけでなく、脚をパドル代わりにして時間を蹴りながら、過去へとさかのぼります。

「あそこよ！　見つけた！」

犯人です！　犯人の遺伝情報が、コノドント類の子から親へと次々とジャンプしています。

「殺せ！」「消滅させろ！」「バラしてやる！」「ぶっつぶせ！」「東京湾に沈めろ！」などの物騒な言葉を吐きながら、皆さんはマシンガンや火炎放射器など取り出し、サーフィンしながらぶっ放します。

その努力の甲斐もあり、追いに追い上げ、犯人との距離小指一本分のところまで迫りました。

あと少し手を伸ばせば、捕まえられる！　そう皆さんが思ったとき……。

ぐあぁらりゅらばしゅばらじゅばらどどどごぉぉぉぉん！

という音を鳴り響かせながら、未来から時間が打ちつけられました！

「うわぁぁぁぁぁぁぁぁぁ！」

その時間は、皆さん一同がミニ万物根源を務める中生代よりも、固く、重く、立派なものでした。時間衝撃はすさまじく、一同は、竜巻のなかの枯れ葉のようにグルグルグルグル果てしなく回るだけです。

当然、犯人は逃してしまいましたが、そんなこと気にしている余裕など吹き飛びました。三畳紀の初めに接続したその時間は、中生代につながるはずの出来事の情報をスイスイと吸い込んでいったのです。

これは、マズイ事態です。皆さんの中生代は、リアリティを失っていきます。恐竜を始めとする生命進化が、どんどんおもちゃめいたものになっていきます。三畳紀からジュラ紀、ジュラ紀から白亜紀に至る因果順序が、パサパサした味気ないものになっていきます。

このままでは、時間がボロボロになって崩れていってしまいます。

「はい皆さん、ごくろ～さま～。これで中生代切断計画は完了だよ～」

そう言ったのは、リアです。

「いや～、大手術だったねっ！　中生代で起こった異常を治すために、わざわざ切断して、万物根源から新たな時間を伸ばして架橋したんだよ～。大絶滅が消えている事態は謎だけど、そこはあとから治せばいいよねっ。はーい、みんな、おつかれさま。もうお役御免だから、消滅していいよ～」

リアの説明通り、ミカたちがいる時間は、ますます薄く、軽くなっていきます。実在感がなくなり、スウスウと隙間風が入ってきます。

リアは、中生代切断計画によって、時間を手術したのです。異常のある中生代を摘出して、未来の側から伸びる新しい時間軸を接続したのです。

中生代のミニ万物根源であるミカたちは、当然ながら御役御免です。摘出された中生代とともに、消え去る運命にあります。

「くっ、くそう！　よくもこんなことを……！」

ミカは怒りました。

怒る？　そう、怒るのです。当たり前ですね。こんなことをされたら、誰にでも怒る理由があります。

理由。そう、ミカには、理由がありました。生き生きとした、リアルな理由が認識できました。ミカだけではなく、皆さん一同が理由を持ちました。

「あれれ～？　おかしいなぁ～。どうして消滅しないわけっ？」

リアは戸惑ったような声を上げます。出来事が奪われているのですから、ミカたちの時間は、すぐに存在しなくなるはずなのです。それなのに、実在性を保っています。徐々に回復しているくらいです。

ミカたちは、自分の理由を生き生きと感じました。とても、リアリティがあります。

それは、あたかも、天国からの祝福を受けているようでした。そう、**ヘヴンズドア**が開き、天使が降臨して祝福を授けてくれたようでした。

いや、あたかもではありません。比喩ではなく、本当に、ヘヴンズドアが開いたのです。どこか、遠い、遠いところ。時間の彼方、進化の果ての果てから響いてくる、ヘヴンズドアが開く音を、ミカたちはたしかにしっかりと聞きました。

ヘヴンズドアからは、生き生きとした理由が放出されました。

生き生きとした理由は、生き生きとした価値を、生き生きとした感情を、生き生きとした人生を、そして、生き生きとした時間をもたらしました。

ミカたちは、再生産されました。失われてしまった理由の力、それが戻ってきたのです。もう、ごっこ遊びで、理由に基づいているフリをする必要はないのです。本当に、理由を感じているのですから。

天使からの言葉が聞こえます。「あなたたちは、選ばれた」のだと。

「わたしたちは、選ばれた！」

ミカが叫びます。それとともに、時間の消滅プロセスが逆転し、完全に実在性を取り戻しました。

リアには、何が起こったのかわからないようでした。彼女には、ヘヴンズドアの開く音が聞こえなかったからです。

「あれれ？　なんで？　時間を作っている情報なら、こっちの時間軸のほうが段違いに多いはずなのに……!?」

リアはわかっていませんでした。時間の源は、万物根源ではないのです。時間の彼方、進化の果ての果てにある、ヘヴンズドアの向こうからの祝福を受けて初めて、万物根源になれるのです。

「ぬぬぬぅ……。ここは助っ人を呼んだほうがいいか〜」

リアは未来に連絡しました。リアに召喚されて、戦闘員が現れます。

そいつらは、お馴染みの面々でした。これまで、このお話に出てくるキャラクターたちの内面を想像して、共感して感情移入してきたあなたたちならば、よく知っているはずです。

そうです。このお話に出てきた、十八人の人間たちです。あいうえお順に全員の名前を言いますと、熱田陽美、天沢千宙、飯泉あすか、沖汐愛理、沖汐眞理、乙幡鹿野、神木月波、小春あゆむ、白鳥純華、空上ミカ、高秀幾久世、鳥山真美、汀萌花、氷室小夜香、峰岸しおり、八倉巻早紀、杠葉代志子、龍造寺桜華です。

お馴染みの面々は、お馴染みのどうぶつ戦車に乗って、お馴染みのどうぶつ鉄砲で武装していました。

「卑怯な！」

ミカは、アンビバレンツな気持ちになりました。当たり前ですね、自分たちと戦うという選択は、アンビバレンツな気持ちになる理由を与えますよね。ミカは、その理由を生きと感じていますので、そのような気持ちに自然になるのです。

そして、葛藤します。葛藤すると、エモいですね。エモいと、理由がますますはっきりとリアリティを持って自然に感じられます。

葛藤の末に、一つの理由を選択します。ますます、エモいですね。感動的ですね。ワクワクドキドキハラハラしますね。

ミカたちは、もう一人の自分たちを殺していきました。そういう体験は、とても苦しいですね。苦しくなる理由がありますね。

でも、殺します。殺して殺して殺しまくります。

これこそ、デスゲームですね。

デスゲームとともに、ミカは、自分を突き動かす理由を、ヘヴンズドアとのつながりをますます強く感じました。理由に基づき、生き生きとした時間を生きなければいけないと思いました。

もっと生き生きと、魅力的に、リアルになっていきます。

「えぇぇ!? 何が……、起こってるの!?」

リアが慌てた声を出します。ミカたちの時間が消えないだけではありません。逆に、リア側の時間が消滅しかかっているのです。

リアの側の万物根源が作る時間は、スカスカになっていました。まるで、ミカたちが作る時間に、実在性が奪われたようでした。

ミカたちの時間が、リアの時間を食べている。そう表現することもできます。

リアを送り出した万物根源が消えていきます。その一方で、ミカたちが万物根源となっていきます。

「あれれれれ……れれ……れ……ぇ……」

困惑の声を上げているうちに、リアを支えていた万物根源が消えました。

万物根源が消えると、その過去にある時間は崩壊してしまいます。

時間の崩壊とともに、別の時間軸からやって来たもう一方のミカたち御一行は、一人また一人と、どんどんと消え去っていきます。

最後に残った一人が、小夜香でした。

小夜香は言います。

「本当にこれでいいのかな？」

ミカは答えます。

「いいんだ。そうする、理由がある」

「でも、その理由はどこから来たの？」

＊

ここで、老婆は急に話を止めた。

「どうしたんだ？　早く、お話の続きを聞かせてくれ！」

ダーウィンが急かす。彼は、このお話のキャラクターの内面を想像し、共感して感情移入し、ワクワクドキドキハラハラしていたのだ。

「……やって来たな。思ったよりも早かった……」

老婆は、ダーウィンの懇願を無視して、海の彼方を見つめていた。

ダーウィンも老婆と同じ方向を見る。何もない……。相変わらず見慣れた波がユラユラ揺れているだけだ……。

いや、違和感がある。波の下に、巨大な影が浮かんでいる。ビーグル号ほどの大きさがあるだろうか。

影は、急速に船に近づいていた。人工物？　いや、生き物だ。側面に、ヒレのような無数の器官が見える。

ビーグル号の甲板が騒がしくなる。船員たちも巨大生物を見つけたのだ。

「あれは一体何なんだ？」

ダーウィンは老婆に聞く。この状況を理解しているのは彼女しかいないだろう。

「あなたは、よくご存知のはずですよ。先生」

老婆は、海を指差した。巨大生物が浮上していた。二つの大きな、アゴ状になっている触腕が見える。

「アノマロタンクですよ」

第四章　アノマロタンク登場

22　ビーグル号vsアノマロタンク

「アノマロタンクだと!? 一体全体なんだそれは?」

ダーウィンは疑問を発したが、一方でその答えが瞬時に頭のなかへ浮かび上がるのを感じた。

——**水陸両用共生生体戦車アノマロタンク**とは、カンブリア紀の節足動物アノマロカリスの体をベースに、その他の古生物たちが共生してできた水陸両用共生生体戦車である！　カンブリア紀なら知っている。ダーウィンの師匠でもある、アダム・セジウィックが命名した地質時代だ。だが、アノマロカリス？　なんだそれは？

ダーウィンは困惑するが、その答えをも自分が完璧に知っていることも悟るのであった。

アノマロカリスとは、カンブリア紀に生息した節足動物であり、当時の海の頂点捕食者だ。

アノマロカリスのトレードマークといえば、やはり、アゴのような触腕であることは、否定できない事実と言ってもよいと思われる。そもそも、「アノマロカリス」という学名は、触腕部分をエビの化石だと考えたカナダの古生物学者ホワイティーブスによって与えられたのだ。のちに口と胴体が見つかり、別々の生物とされていた化石が、アノマロカリスの別部分であるとわかったのだ。誰でも知っている話だ。

——誰でも知っている？　そんなバカな。ホワイティーブスが学名を与えたのは一八九二年、アノマロカリスの正確な復元ができるようになったのが一九八五年だ。いまをいつだと思っている。一八三二年だぞ。わたしが、知っているわけがない！

ダーウィンの困惑と関係なく、アノマロカリスのトレードマークが、いま、ビーグル号のすぐ近くに接近しつつあるのだ。海面に出た二つの巨大な触腕が、着実にスピードを上げて襲いかかってくる。

ダーウィンは恐怖を感じたが、他方で、生物学者としての、のたくるような好奇心の渦がみぞおちの辺りにグルグルグルグルグル回っていることにも気づいていた。

船体も渦にまかれていた。こっちのほうは、比喩ではなく正真正銘本物の渦だ。アノマロタンクの泳ぎがあまりにも素早かったので、海中に渦ができてしまったのだ。

船上はグラグラグラグラグラグラ揺れ、ふたたびダーウィンの三半規管に猛攻撃をかける。せっかく、船酔いが治りかけてきたのに、ダーウィンはふたたびゲロをした。嘔吐物《おうと》が甲板を右へ左に広がっていく。老婆の足にもかかったのに、彼女は嫌な顔ひとつしない。

「うわぁ、大変そうですね」

と、他人事のようにつぶやくだけだ。

甲板の上が騒がしくなる。続々と船員たちが出てきて、口々に号令を交わす。アノマロタンクが発見されたのだ。

立派な顎髭をつけた若者が勇ましく命令を下す。艦長のロバート・フィッツロイだ。このとき、彼は弱冠二十六歳である。

「目標、あの正体不明の巨大生物！　撃ち方はじめ！」

ビーグル号には六門の大砲が装備されている。そのうち、アノマロタンクの方向を向いていた三門が火を吹く。発射と同時に、九つに分かれ、怪物に灼熱の子弾が降り注ぐ。ぶどう弾だ。

ドドン！　ドドドン！　ドドドドン！

水しぶきがあがり、いくつかの砲弾は、アノマロタンクの影を直撃する。影はゆっくりと海の底へとかすんでいく。

「やったぞ！　国王陛下万歳！」

この航海の目的は測量調査であるが、ビーグル号は立派な軍艦だ。世界最強を誇るイギリス海軍の力を持っている。正体不明の海の怪物など、一撃で海のもくずだ。そして、世界を統べるウィリアム四世の威光を世界に知らしめる出来事がまた一つ増えることになるだろう……。船に乗っている誰もがそんな自信を持っていた。

あまりにも甘い。過剰にオプティミスティックだと言わざるをえない。

ぐらっ！　ビーグル号が揺れる。ダーウィンは倒れそうになるが、老婆が支えてくれた。いまにも死にそうな年なのに、すごい豪胆さだ。

「おお！　天にましますわれらの父よ！　アーメン！」

何人かの船員が祈る。

アノマロタンクの触腕が、船体を挟んでいるのだ。深海から急浮上したに違いない。

ミシッミシッ、ビーグル号が傾く。その反動で、アノマロタンクは、徐々に姿を海面に現した。

美しい動物だった。ダーウィンは、ここに、純粋な美を見た。

まず見えたのは、二つの複眼だ。眼柄に支えられて、キノコのようだ。水滴がしたたって、キラキラと光っている。そして、エビのような、いくつもの体節に分かれた胴体が出てくる。

胴体には、さまざまな生き物が付着していた。縦三つに分かれた体の三葉虫が、びっしりと埋め尽くしている。三葉虫たちで作られた装甲板の間から、トゲが生えた、虹色のディスクのように光るパイナップルのような生き物が現れる。植物のようだが立派な動物、軟体動物のウィワクシアだ。

体節の一つ一つは、側面においてヒレとなっている。ここにも、生き物が付着していた。葉足動物のハルキゲニアだ。ミミズの背に何本ものトゲトゲ、腹に何対もの脚を与えたような動物だが、アノマロタンクのヒレに丸くなって取りついている。そして、猛スピードで回転している。トゲトゲがビーグル号の船体に突き刺さり、タイヤのように作用して、アノマロタンクが船上へと乗り込んでくる。

アノマロタンクは、名前の由来ともなっているエビのようにそり返り、もう一つのトレードマークである口を見せた。円盤状の口だ。なかには、放射状に三つの歯が取り囲んでいる。腹には、幅広くなったナメクジのような動物が付着して、幾対もの腹足を動かしている。軟体動物のオドントグリフスだ。キャタピラーのような機能を果たしているのだ。

アノマロタンクは、甲板上に登ってきた。重さで船体が傾きつつある。

「偉大なる大英帝国に喧嘩を売るとは、いい度胸してんじゃねぇか！　後悔させてやるぞ、化け物！」

他の船員たちがパニックになるなか、フィッツロイは持病の怒りの発作を発揮して、アノマロタンクに向かっていく。彼はしばしばかんしゃく玉を爆発させ、クルーたちを怯えさせていたが、今回はその気質がメリットになったようだ。ピストルをかかげて、勇猛果敢にアノマロタンクを攻撃するフィッツロイ。艦長に勇気をもらい、船員たちも攻撃に加わる。

「無駄ですね。アノマロタンクにそんな攻撃通じませんよ」

老婆がつぶやく。

アノマロタンクのヒレに付着したハルキゲニアが外れる。グルングルンと回転しながら、猛スピードで突っ込んでくる。

「うわぁぁぁ！　大英帝国万歳！」

フィッツロイがピストルを連射するが、効く様子はまったくない。ハルキゲニアは勢いを止めずに、そのままフィッツロイを串刺した。

「ぎゃぁぁぁぁぁぁぁ！」

串刺されたまま、回転するハルキゲニアに巻き込まれ、フィッツロイは悲鳴を上げる。

「ぎょぇぇぇぇぇぇ！」

助けようとした船員たちも、次々にハルキゲニアに巻き込まれていく。死体と死にかけの体が、血と大腸の中身をぶちまけながら甲板の上をギュルギュル回転し続ける。

「おい！　なんとかしてくれ！　お願いだ。神に誓って！」

ダーウィンは恥も外聞もかなぐり捨てて、老婆にすがる。この状況をなんとかできるのは、正体不明の彼女しかいないのだ。

「なんとかして欲しければ、あなたが誰だか思い出してください」

老婆は、ゆっくりと言った。

「わたし？　わたしは、チャールズ・ダーウィン……。二十二歳。ケンブリッジ大学を卒業して、博物学者としてこの船に乗った。趣味は音楽と狩猟で……」

「いいえ、違いますね。あなたは、わたしのお話を聞きましたよね？　ダーウィンが小田原市のことを知っていますか？　星智慧女学院のことを、ニンジャバスのことを、暗黒物質のことを、クォークのことを、スマホのことを……。知ってるわけがないじゃないですか。けれど、あなたは、違和感なくお話を聞いていましたよね？」

そのとおりだ。いまの自分が知るはずがない情報を、ダーウィンは何の違和感もなく受け入れていた。おかしいとも思わなかった。まるで、チャールズ・ダーウィンという姿の方こそがニセモノで、本当の自分が別にいるように……。

「うっ、あぁぁぁ！　わたしは……、わたしは……！」

頭のなかが、かき乱される！　何か、大変な記憶が蘇ってくる。その記憶に比べると、これまでの自分の記憶は模倣品のように質が低い。カサブタのようにこれまでの記憶がはがれ落ちて、そこから「真実」が露出してくる。

「そうか……！　そうだったのか……。わたしは……。わたしは、空上ミカだ！」

23　モササウルスvsアノマロタンク

「そのとおり。そして、わたしも空上ミカです」

老婆、いや、ミカは言った。

ダーウィン、いや、ミカはすべてを思い出した。

「ここは本当の宇宙ではないんだな」

「そうです。ここは、時間誘導コイルのために伸ばされた枝宇宙です」

時間誘導コイル……。ミカは、三畳紀に白亜紀をぶつけるため小さな枝宇宙を伸ばし、コイル状にして、時間をコントロールする装置を作ったのだ。

どうやって、枝宇宙を作るのか？　ミカは、自分を未来方向へと引き伸ばし、時空ワームとなった。ミミズ《ワーム》のように、時間方向に果てしなく細長く伸びていったのだ。

ワームがりんごをかじって細長いトンネルをあけるように、時空ワームは時間をかじり細長い枝宇宙を作り出す。それを、時間誘導コイルの材料にしたのだ。

枝宇宙は、あたかも、本物の宇宙のように成長した。鳥類以外の恐竜の大絶滅が起きて、中生代が終わり、新生代が始まった。哺乳類と鳥類が進化して、世界中に適応放散していった。やがて、地球は寒冷化して、大型動物は絶滅し、人類が誕生して、文明の夜明けとなった。

ミカは、時空ワームとして時間を作っていた。その力は、本物の万物根源よりも制限されていたため、作られた宇宙は小さかった。せいぜい、ミカを中心として半径数十キロメートルほどの大きさだ。

宇宙の中心であるミカは、その時代の支配的な動物になりきった。ガストルニス、アンドリューサルクス、インドリコテリウム、メガロドン、ヒアエノドン、スミロドン……。そして、もちろん、ヒト。ミカはそれらの生物が自分だというフリをした。内面を想像し、共感して感情移入した。

ヒトの時代になってから、時間を掘るのは難しくなった。行動が複雑であり、フリは複雑怪奇になっていき、その個体になりきるのに時間がかかるようになったからだ。

ミカは、よく本を読み、馴染んでいる有名な博物学者を自分としていった。——アリストテレス、プリニウス、リンネ、ビュフォン、キュビエ、ラマルク、そして、ダーウィン。

いま、時間方向に伸びた時空ワームとしてのミカが、ふたたび、縮まったのだ。ワームがたたまれ、二つの先端が接触したのだ。

「あなたはわたし、わたしはあなた」

「わたしはあなた、あなたはわたし」

二人のミカは、そう言って、手を取り合った。

光が放たれる。ダーウィンであったミカが変形《トランスフォーム》していく。

ぐぃんぐぃんぐぃんぐぃんぐぃん！　脊髄が回転しながら伸びていく。脳と尻を貫く。それでもまだ伸びる。三メートルほど達したとき、やっと成長が止まる。

ぎゅちゃんぎゅちゃんぎゅちゃんぎゅちゃん！　体の側面から、翼のような平たい面が飛び出してくる。面は拡大し、元々あったヒトの形を破壊して、大きな刃となる。

そこにあったのは、剣だった。脊髄を柄にして、白い剣身が伸びる。人間三人分の大きさがある。

ダーウィンの大剣だ。

ミカは、ダーウィンの大剣を軽々と片手で持ち上げる。

「さあてと、いきますか」

準備体操のように大剣を振ると、アノマロタンクに向く。どうやら、人間を食べるのに夢中でこっちに気づいていないようだ。船員の死体には、ベースであるアノマロカリスの他にも、三葉虫やハルキゲニアが群がっている。

「艦長、ちょっと体借りますね」

瀕死の重症を負って倒れているフィッツロイを、ダーウィンの大剣で切る。

ダーウィンの大剣は、中生代とつながっている。眼には見えないが、中生代へと至る情報血管が大剣から何本も生えているのだ。それを使って、中生代に生息していた生き物の遺伝情報を自由自在に操ることができる。

フィッツロイの体に遺伝情報が供給される。瀕死の体がビクビク震え、光に覆われる。変形だ！

哺乳類のやわらかな皮膚は失われ、全身にウロコが生える。体は大きくなり、口が裂け、いくつもの牙が見える。四肢はヒレに変化し、尻は魚のような三角の尾びれとなる。ワニとイルカを合体させたような動物である。

白亜紀の海の頂点捕食者、モササウルスだ！

「さあ行け！　海の王者、モササウルスよ！　アノマロタンクを食いちぎってやれ！」

モササウルスがアノマロタンクに体当たりした。戦略も戦術もかなぐり捨てた、乱暴すぎる攻撃だ。これがなかなか効果あるらしく、アノマロタンクはハルキゲニア・タイヤを逆回転させて後退していく。

戦いの場が船尾に移り、ビーグル号の重心が移動し、ギリギリまで保っていたバランスが最後のしきい値を超える。当たり前だ、アノマロタンクとモササウルスという二匹の巨大生物を乗せておくなど、設計段階で予想されていなかったのだ。

二十度、三十度、四十度……。船体はどんどん急勾配となる。死体は次々と滑って海へと落ちていく。ミカは、マストに飛び乗って足場を保った。

二匹の巨大生物も、組んずほぐれつもみ合いながら、そのまま海中へ滑り落ちた。盛大に水しぶきが上がる。

戦場は海へと移動した。両者とも、得意な領域である。

ビーグル号の周囲に、激しい渦が生じている。深海で二匹が争っているのだ。

ミカはマストから飛び降りると、命令を下した。

「艦長！　浮上しろ！」

命令に従い、モササウルスの体が海面に出る。その体めがけて、ミカが飛び降りる。

「うぉおおおおおお！」

モササウルスをサーフィンボートのように使い、波に乗りながら大剣を振るうミカ。

そこに、回転するハルキゲニアが空中を飛んでくる！

ミカは、バットをスイングするように大剣をハルキゲニアにぶち当てる。ぶちゃぶちゃぶちゃぶちゃ！　体液が飛び散る！

「トドメだうぉぉぉぉぉぉ！」

大剣を構えて、アノマロタンクの懐に真っ直ぐ突っ込んでいく。

だが、アノマロタンクのほうも、触腕を最大限に広げて待ち構えていたのだ！　攻撃は最大の防御と言うが、攻撃は最大のリスクでもあるのだ。

モササウルスが早いか？　アノマロタンクが早いか？　爬虫類の凶暴性と節足動物の反射がぶつかり合う！

一瞬、大きな波が泡立ち、視界から二匹の死闘の映像が消える。

そして、波が去ったとき……。

あぁ！　なんてことだ！　モササウルスは二つの触腕に挟まれてしまった！　身動きがとれないぞ。これでは、得意の牙で嚙みつくことは不可能だ。どうすればいいというのだ⁉

ミカは、大剣で触腕を切ろうとするが、アノマロタンクから、ヒトほどの大きさがある三葉虫が乗り込んできた。肉食三葉虫のオレノイデスだ。

CDの裏側のように虹色に光るウィワクシアも、ミカをトゲで刺そうとモササウルスに移動してきた。軟体動物のはずなのに、発達した筋肉で、素早くジャンプしている。

「いててててて！」

ミカは、肉をオレノイデスにえぐり取られたり、ウィワクシアに刺されたりして、とっても痛い思いをした。

「おい！　あははははは！　艦長！　おまえは、その程度のヤツだったのか？　とんだ見込み違いでしたよ！」

笑いながら、フィッツロイを鼓舞するミカ。

「ぐぉぉぉぉぉぉぉぉ！」

応えるように、モササウルスが咆哮した。

尾びれが、海面に叩きつけられる。その反動で、巨大な体が空中を飛ぶ。

青空を背景にして、モササウルスは身をくねらせた。床に押しつぶすように、海面にアノマロタンクを打ち込んだのだ！

二つの触腕の圧力が、わずかに緩んだ。海の王者は、そのチャンスを逃さなかった。ヒレを動かし、水流を作って脱出する。

「よしっ！　やったな！　さあ、次は？」

モササウルスは海中へと沈むが、ミカはしっかりと背中につかまる。戦いから学び、すぐに攻撃には転じなかった。サメのように相手の周囲をグルグル周り、機会をうかがう。

「おい！　艦長、わかるか!?」

ミカがささやいた。アノマロタンクの弱点がわかったのだ。アノマロカリスのヒレは、前後方向へと泳ぐために進化したものだ。横方向に転換するには、たくさんあるヒレの一部を動かして全体の向きを変えるという複雑な動きをしなければいけない。

スピードではいざ知らず、方向転換の機動力では、モササウルスが勝っているのだ。アノマロタンクは、モササウルスへ向かって前を向こうと体を動かしているが、まったくついていけてない。

「いまだ！」

ミカの叫びとともに、モササウルスが飛びかかる！

から空きだ！アノマロタンクの胴体の側面を、短刀のように鋭い数百の牙が穴をあける。モササウルスの体は、アノマロタンクにかじりついたまま、回転する。テコの原理で、胴体が切断される！

二つに裂かれたアノマロタンクの胴体は、海底へと沈んでいった。

「よしっ！　勝ったぞ！」

ミカは勝利の雄叫びを上げるが、その余韻は長くは続かない。過去から、気配を感じたのだ。何百もの群れが、ずんずんと過去から現在へと近づいて来ている。

「やばいっ！　アノマロタンク軍団が押し寄せてくる……」

「なんだって？」

大剣からもとの姿に戻ったダーウィンが聞き返す。

「また、戦うのか？」

「いや……。数が多すぎますよ。ここでは不利だ。いったん、逃げましょう」

「逃げるって、どこに？」

「未来に」

24　あなたの背後にアノマロタンク

ミカはそう言うと、消えていなくなった。

――ミカ？　ミカとは誰だ？

ダーウィンは、眼を開ける。一瞬、立ちながら眠ってしまったようだ。意味のわからない思考が頭のなかに入ってきた。

周囲はあいかわらず、平和な光景が続いていた。海はどこまでも続いている。ビーグル号は広い世界に向かって進んでいる。

上から声が聞こえる。船員たちがマストで作業しているのだ。

夢の残響が、頭のなかによぎる。

――そういえば、ビーグル号が沈没する夢を見ていたような……。なんて、不吉なんだ。

「よう、チャールズ。顔色が悪いぞ。船酔いか？」

艦長のフィッツロイが朗らかに背中を叩いてくる。

「ロバート……。大丈夫だ。ちょっと変な夢を見てね」

「夢？　そうか、俺もさっきウトウトしちまって、そのとき夢見たぜ。怪物に襲われて、ビーグル号が沈没するんだ。で、俺がでっかいワニになって、怪物と戦うんだぜ。面白いだろ？」

ダーウィンは黙っていた。フィッツロイの夢と自分の夢の類似に驚き、自分の夢をもっと思い出そうとしたのだ。

──そうだ……。夢のなかで、誰かと出会ったような……。あれっ？　なんて名前だったんだろう？　さっきまで覚えていたのに、忘れてしまった……。

何か、すごく大事なことを忘れているような気がする。どうしても、思い出さないといけないのに、両手にすくった砂のようにスルスルと記憶がこぼれていく。

──君の、君の名は……？

ダーウィンは過去の記憶を掘り起こそうとした。その過程で、恐るべき存在の気配に気づく。

過去の思い出の影で、巨大な虫めいた化け物が、多数潜んでいたような気配がするのだ。たとえば、エディンバラ大学の博物館で作業をしていたとき。見上げる限り壁いっぱいに陳列されている標本瓶の隙間から、幾多の複眼がこちらを見ていたような記憶がある。病院実習のとき、手術に苦しみ悲鳴を上げる患者の体内から、二つの奇妙な長細いハサミのようなものが伸びていたような気がする。

より過去の記憶を掘り起こすにつれて、虫たちの気配はより強くなっていった。十五歳のとき、趣味の狩猟で森に入り、ウズラを狙っていたとき、暗い森のなかで、巨大な何かが動いていたような思い出がある。寄宿舎のじめじめとした暗い廊下のなかを、ガサガサという音に追いかけられたような記憶がある。いたずらして、家庭教師に閉じ込められた部屋の壁に、得体の知れない大きな影が張りついていたような気がする……。

ダーウィンは身震いした。こんな記憶、いままで思い出したことなかった。どうして、忘れていたのだろう。

——でも、大丈夫だ。わたしは、過去ではなく、今にいるのだから……。

そう言い聞かせて、自分を安心させようとした。

そんな言葉は無駄だというように、記憶のなかの化け物たちは、少しずつ、今に近づいていた。

——どういうことだ？　過去にいる存在が、動いたりするはずない。過去はもう過ぎ去ったはずだ。記憶のなかで、固まり、封じられたはずだ！

必死で否定しようとするが、ダーウィンが思い返す過去の記憶のなかで、虫たちは、より最近の記憶に侵食していた。

ダーウィンは逃げようとする。未来へと、逃げようとする。もどかしい……。時間が過ぎるのが遅すぎる……。もっと速く時間が過ぎないと、怪物たちに捕まってしまう……！

「ロバート」

ダーウィンは言う。

「ロバート……。早く、探検に行きたい。時間が遅い。もっと、早く時間が過ぎればいいのに……」

「はっはっは！　やる気になってきたな！　そりゃいいね！　けど、残念、ビーグル号は帆船だ。最近噂になっている蒸気船ってやつならば、もっと速く走れるかもしれねえが、風まかせなんでね。すまねぇなっ」

いいや、そういう話をしているんじゃないんだ！　ダーウィンは叫びそうになるのをぐっとこらえた。時間のなかで速く動くということではなく、時間そのものが速く動かなければいけない。さもなくば、あの怪物たちに追いつかれてしまう……。

ダーウィンはいてもたってもいられなくなり、甲板を速歩きした。そうしたら、少しは時間が速く進むのではないかと思ったのだ。

効果があったようだ。時間が加速していった。いままでの、ノロノロとした歩みとは比べものにならないほど速い。

ものすごい勢いで、ビーグル号が航行していく。船の速度が変わったわけではない。これまでと同じで、風に吹かれてゆっくりと海の上を走っている。ただ、時間の経つスピードが速くなったのだ。

時間のなかにいるものからすると、何も変わっていない。しかし、時間の外にいるものから見ると違う。ダーウィンは、時間のなかの感覚と同時に、時間の外の感覚も持ち合わせていたのだ。

ビーグル号は、ものすごい勢いで赤道を通過した。ものすごい勢いで貿易風に乗り、ものすごい勢いでブラジルに到着した。

ダーウィンは、ものすごい勢いで探検をした。ものすごい勢いで新種と化石を発見し、ものすごい勢いで火山を目撃し、ものすごい勢いで大地震と遭遇し、ものすごい勢いでアンデス山脈を登った。

それから、ものすごい勢いでマゼラン海峡を通過し、ものすごい勢いでガラパゴス諸島に到着、ものすごい勢いでゾウガメやフィンチを観察した。

ものすごい勢いでニュージーランドとオーストラリアに上陸。そして、ものすごい勢いでケープタウンに到着し、帰国。ここまで、五年の歳月が過ぎていた。

かなりの好タイムだ。一時は、怪物たちを引き離したと思った。ところが、ダーウィンの加速を察知したのか、怪物たちも急加速していた。

過去の記憶のなかで、怪物がウジャウジャと時間を這いずり始め、ビーグル号が帰国したときにはもう、ビーグル号が出発する時点まで到達していた。

こうなったら、走り続けるだけだ。時間耐久レースだ。

帰国後も、ものすごい勢いで時間を駆け抜ける。ものすごい勢いで『ビーグル号航海記』を書き、ものすごい勢いで結婚し、ものすごい勢いで生殖し、ものすごい勢いで進化論を着想し、ものすごい勢いで『種の起源』を完成させ、ものすごい勢いで進化論論争に巻き込まれていく。

進化論の他にも、サンゴ礁やフジツボの研究やハトの品種改良やミミズによる土壌改良の研究をものすごい勢いで成し遂げていく。

そして、ものすごい勢いで健康を蝕《むしば》まれていく。ものすごい勢いで疲れやすくなり、ものすごい勢いで心臓に痛みを感じるようになる。

怪物のほうも、超急加速する。いまや、ダーウィンとの時間差は数分、いや、数秒であった。それより前の時間は、すべてが怪物に覆い尽くされていった。記憶を思い返しても、見えるのは触腕と体節とヒレと円盤状の口と胴体に付着するさまざまな生き物だけだ。

――速く、速く死ななければ！　追いつかれてしまう！

ダーウィンはものすごい勢いで心臓を止めようとした。だが、間に合わない！　ものすごさがいまいち足りないのだ！

一秒前、半秒前、四分の一秒前の記憶が、怪物に占拠される。

――嗚呼！　そんな……！

無数の巨大な影がダーウィンの「今」に押し寄せるそのとき……！

「おっと、先生。危機一髪ですね」

老婆が現れて、ダーウィンの心臓を止めた！

ミカだ。自身の時空ワームの末端と一体化したのだ。

時空ワームが激しく収縮したことで、ミカはものすごい勢いを超えて、とてつもない勢いで未来へと飛んでいく。ゴム鉄砲と同じ原理だ。

とてつもない勢いで時間が経過する！　分速百年だ！　時速に直すと六千年！

二十世紀を一分で走り抜ける！

義和団事件パリ万国博覧会辛亥革命サラエボ事件第一次世界大戦一般相対性理論ロシア革命ワイマール憲法国際連盟ソビエト連邦上海クーデター世界恐慌満州事変ヒトラー内閣エチオピア戦争盧溝橋事件ミュンヘン会談第二次世界大戦太平洋戦争イタリア降伏カイロ会談ヤルタ会談ドイツ降伏ポツダム宣言原爆投下ガンジー暗殺中東戦争中華人民共和国朝鮮戦争サンフランシスコ講和会議ビキニ水爆実験キューバ危機ケネディ暗殺ベトナム戦争文化大革命月面着陸イランイラク戦争チェルノブイリ天安門事件ベルリンの壁崩壊湾岸戦争ソ連解体香港返還気候変動同時多発テロイラク戦争東日本大震災！

そして、ミカは二〇二〇年の東京に降り立った！

25　vsカンブリア紀@東京五輪2020

二〇二〇年七月二十四日、東京。お日様が照りつける猛暑のなか、人々はお祭り気分だった。東京オリンピックの開会式が始まったのだ。

オリンピックスタジアムの前は、日本国内と世界中から集まった人々でごったがえしていた。上から灼熱の日光に熱され、周囲には人間の体温がたちこめる。湿度と温度はうなぎのぼり。まさに、熱中症にはうってつけの日だ。

スタジアムの入り口に並ぶ人々のなかに、老婆たちがいた。ミカ、早紀、幾久世、千宙、小夜香、月波の六人だ。

こんな暑いところに、何をしにきたのだろうか？　さまざまな人間がさまざまなスポーツを行うところを見にきたのだろうか？

いや、違う。そんな酔狂な気分ではない。彼女たちはいたって真面目だ。この枝宇宙を守りに来たのだ。

過去から侵略してくるアノマロタンクに対抗するため、ミカはダーウィンの今を飛ばし、時間をこの二〇二〇年まで拡大した。時間は出来事の連なりでできており、二〇二〇年の主要な出来事の一つは東京オリンピックであるため、枝宇宙の中心はオリンピックスタジアムとなる。アノマロタンクたちはこの宇宙の万物根源になり代わり、時間誘導コイルの制御権を奪うつもりである。だとすると、スタジアムで待ち構えて一網打尽にするのが良い選択であろう。

そんな殊勝で健気で感心で見上げた目的があるとはいえ、いくらなんでも、この気温は暑すぎる。

「とへぇぇぇ、もう限界なんじゃぁい……」

幾久世は倒れ込んだ。枝宇宙の根本から、二〇二〇年までずっと生きてきたのだ。年齢は六六〇〇万歳を超えている。そんな老人が、炎天下の東京で出歩くなんて自殺行為に等しい。

病弱な千宙は、すでに地面に寝転んでいた。スタミナを増やそうと、アリを食べるが、シロアリとアリはまったく別のグループの昆虫だ。好みの味ではなく、吐き出した。

「まったく、そんなことで倒れるなんて、根性が足りないわね。わたしたちは、ヘヴンズドアの選択を受けたのよ」

齢《よわい》六六〇〇万を超えても、いまだ元気ハツラツとしている早紀が言う。やはり、お嬢様は健康な食生活をしていて栄養状態が良好なので、一般人と違うのだろう。

「おい、千宙。いつまでアリ食べてんだよ。列が動いてるぞ」

月波がアリを踏み殺す。千宙はしぶしぶといった様子で立ち上がり、列に続く。

一同の気分はピリピリモードだ。当たり前である。これほどまでに不快な環境下では、ヒトは誰でもピリピリしてしまうのだ。

観客の列は、スタジアムのなかへと入るが、不快な気分がぬぐい去れない。スタジアムには冷房が設置されていないのだ。気休めにファンの気流が流れてくるが、生暖かい風が体にかかって、かえって気分が悪くなってくる。

一同は席に座り、作戦会議を始めた。

「アノマロタンクが攻めてくるのは何時かな?」

小夜香が聞く。

「開会式のボルテージがクライマックスに達したときじゃないかと思う。そこで登場するのが、宇宙の中心に位置する一番確実な方法だから」

ミカが答える。このチームで、彼女は参謀のような立ち位置になっていた。

「あー、それまで暇なんじゃい。とりあえず、ジュース買ってくるねー」

幾久世が席を立つ。千宙は何も言わずに彼女の後ろにつく。

ミカは、熱とともに奪われていく集中力を取り戻そうと、必死に頭を回転させる。アノマロタンク軍団は、正面突破してくると自分も含めて皆思い込んでいるが、本当にそうなのか?

そもそも、いま、アノマロタンク軍団はどの時点にいるのか？　十九世紀末から、二〇二〇年へと一気に飛んだため、アノマロタンクの正確な居場所は把握できていない。アノマロタンクがこの時点に接近するとき、過去が汚染され記憶のなかに影が走るはずなのだが、いまだにそんな記憶はない。

おかしいな。いくら隠密に行動しようと、開会式を狙うならばもうそろそろ一年前くらいには来ていなければいけない。

「はっ……！　まさか……！」

ミカは、ある可能性に気づく。

「それでは選手入場です」

考えているうちに、いつの間にかかなり時間が経っていたようだ。アナウンスがスタジアムに響き渡り、歓声が上がった。

「早紀……。まずいよ……」

ミカは早紀の耳にささやく。

「えっ⁉　そんなことがあるっていうの……⁉」

早紀も驚いた顔をしている。

グラウンドでは、大勢の選手が入ってきた。その姿を見て、一同は息を呑む。

口から、牙のような二つの触腕が出ているのだ。ときどき、柄に支えられた複眼が外に出て、キョロキョロと動く。

国旗の後ろにずらりと並んだ選手は、どいつもこいつもそんな口をしていた。誰一人として隠す様子もない。

アノマロカリスに寄生されているのだ！　アノマロタンクならぬ、**アノマロヒューマン**だ！

不思議なのは、こんなミエミエの寄生にも関わらず、観客の誰一人として気づいた素振《そぶ》りを見せないことだ。

――選手は、宇宙の中心なんだ！

ミカは気づく。オリンピックがこの宇宙の中心であるならば、その花形であるアスリートたちもまた宇宙の中心だろう。観客は、宇宙の周辺でしかないので、宇宙の中心が何であろうが応援するのだ。

「みんな！　わたしたちも選手にならなきゃいけない！」

ミカは一同の手を引くと、グラウンドまで降りる。

このまま、アノマロヒューマンたちがアスリートとして世界的な記録を更新し、競技を続けると、宇宙の中心を占める度が高くなり、ついには、この枝宇宙の万物根源になってしまう。そうすると、時間誘導コイルの制御権が奪われてしまうのだ。

解決するためには、自らも選手となってアノマロヒューマンたちとスポーツマンシップに則って戦わねばいけないのだ。

ミカたちは、あたかも自分は選手であって、ちょっと遅刻しただけですよという振る舞いで、グラウンドに出た。その振る舞いがあまりにも堂に入っていたので、警備員たちは、こいつらは絶対に選手だなぁと確信し、通ってよしと言った。

選手行進のしんがりに並び、あたかも選手ですよという風に手を振る。

歩きながら、ミカは、どうやってアノマロカリスたちがアスリートへと寄生したのか調べた。記憶を探り、時間のかすかな反響に集中する。**時間ソナー**だ。

時間ソナーから与えられるデータを総合して、白黒の画像を作っていく。

時間を未来へと進むアノマロタンクが見える。戦後の東京あたりだろうか。空襲で焼けた街を、隊列を作って進んでいく。

と、ここで、止まった。

そして、交尾をしだす。大交尾大会だ。ウジャウジャと、巨体が二つ三つ四つと重なり合い、わっせわっせとヒレを動かす。

満足に生殖すると、川や海へと産卵する。産まれた卵は、海流に乗って全世界へと広がっていく。魚介類や水道水を通って、あまねく全世界の人々に行き渡る。

そこから、一定の体力と反射力があり、トレーニングを受けることができるくらい金銭にめぐまれている人間を選び、その体のなかで成長していく。親が生殖して、子を作ると、口や肛門から体外に出て、子どものほうへと移る。体内で、筋肉をマッサージするなどして、宿主の筋力を底上げして、オリンピック選手になるように育てていく。

そのような努力の甲斐があり、東京オリンピックに出場したすべての選手は、アノマロヒューマンになっていたのだ。

いや、すべてではない。ミカたちも選手であるからだ。彼女たちが最後の希望だ。アノマロヒューマンに正々堂々と勝負して勝たなければいけないのだ。万物根源として、時間の秩序を回復しなければいけない。

＊

開会式が終わると、ミカたちは、選手村で休み、英気を養うことにした。

明日からさっそく本番の開始だ。

しかし、ミカたちは六人しかいない。どうすればいいだろうか？

東京オリンピックの競技は全部で三十三ある。それを六人で戦うなど、できるわけがない。

本当に、そうであろうか？　もしかしたら、できるかもしれないではないか。

たくさん試合があるのが、いけないのだ。もしも、オリンピックのすべての試合を一つの試合に折りたためれば、十分に対応できる。

ミカたちは、大会の運営に、オリンピックの試合を一つにしてくれと頼み込んだ。たくさん書類を書かなければいけなかったが、なんとかその要望は叶えられた。

これで人事を尽くした。あとは、たくさん食べてよく寝て、天命を待つだけだ。

そうして、翌日。ミカたちは試合に臨んだ。

＊

「こんにちは。実況を担当します。斎藤です」

「そして、解説の担当。山崎だ」

「山崎さん。今回のオリンピック、アノマロヒューマン対六人の老婆ということですが、勝機はどちらにありますでしょうか？」

「はははは！　言うまでもないな。アノマロヒューマンに決まってるだろ。六人の老婆は六人しかいねぇんだからな！　アノマロカリスを宿したアノマロヒューマンに勝てるわけねぇだろ！」

「そうでしょうか？　わたくしの情報だと、老婆たちは中生代生物の遺伝情報を操れるということですが……」

「はぁ？　おい、斎藤、解説は俺だぞ！　なんか文句あるってのか？」

「いぇいぇ、文句などありませんよ。話は変わりますが、今回のオリンピックでは、たった一回しか試合をしないということです。山崎さん、オリンピックの歴史で、このようなことは過去あったのでしょうか？」

「いんや、俺は知らねーな。たぶん、前代未聞のことだよ」

「そんな、前代未聞の試合が始まります！　カメラは、**陸上馬術自転車水泳野球体操ボクシングカヌーサッカーフェンシングゴルフホッケーボートラグビー射撃サーフィン卓球テコンドークライミングテニス柔道空手セーリングレスリングトライアスロンアーチェリー近代五種スケートボードウエイトリフティングバドミントンバスケットハンドバレーソフトボール**の試合会場を映しております！」

26　陸上馬術自転車水泳野球体操ボクシングカヌーサッカーフェンシングゴルフホッケーボートラグビー射撃サーフィン卓球テコンドークライミングテニス柔道空手セーリングレスリングトライアスロンアーチェリー近代五種スケートボードウエイトリフティングバドミントンバスケットハンドバレーソフトボール

二〇二〇年東京オリンピックで開催されるただ一つの競技が、「陸上馬術自転車水泳野球体操ボクシングカヌーサッカーフェンシングゴルフホッケーボートラグビー射撃サーフィン卓球テコンドークライミングテニス柔道空手セーリングレスリングトライアスロンアーチェリー近代五種スケートボードウエイトリフティングバドミントンバスケットハンドバレーソフトボール」という名のスポーツなのだった。

「さぁ、初手はミカ選手が動いた！　ダーウィンの大剣を振るって、なんと大会スタッフを切り刻み始めたぞ！　遺伝子変異させる気だ！」

大会スタッフの体が変容していく。細長いアゴと、背に帆を持った恐竜、スピノサウルスだ。

ミカはスピノサウルスに乗った。スピノサウルスに言葉をかけ、駆け出す。本来ならば、カヌーで移動しなければいけない沼ゾーンだが、スピノサウルスは水陸両用だ。

沼には、巨大なネットが張られていた。ネット向こうでアノマロヒューマンたちは、節足動物のマーレラを体から生やしてヨット代わりにしている。マーレラはまるで骸骨のような生物だ。トゲと角だけで構成されているように見える。虹色の構造色で輝くマーレラの角に、帆がかけられている。

マーレラに乗ったアノマロヒューマンは、節足動物のサロトロケルクスをラケット代わりにボールを打ち出す。トゲ状の細長い尻尾があり、胴体にはびっしりと鰓脚《えらあし》がついている。鰓脚でボールを持つこともできるため、テニスや卓球やバレーボールに有利なのだ。

相手側のコートからは、バレーボールが飛んできた。自分の陣地にあるバスケットゴールやサッカーゴールに入れられると、一点を失う。

「ボールはまかせるんじゃい！」

幾久世がアンキロサウルスに変身して尻尾のハンマーを振るう。卑怯なことに、ボールにはハルキゲニアがついていた。トゲトゲで刺す気だ！

だが、アンキロサウルスはハルキゲニアには負けない。ハルキゲニアごと、ボールを木っ端微塵に破壊した！

「ブラボー！　幾久世選手、ボールを破壊して一点を先取しました。山崎さん、この展開どう見ますか？」

「俺に言わせればね、あのボールはちと根性が足りないな」

一点は取ったが、このまま悠長なことをやってられない。もっと根本的に勝利に近づかなければいけないのだ。

「小夜香！　まかせたわよ！」

「合点承知の助！」

早紀の指示で、小夜香の体が変化する。三畳紀に生息した爬虫類タニストロフェウスだ。

首が全長の半分も占める奇妙な動物だ。海岸近くの陸地に生息し、長い首を伸ばして魚を捕まえていたと考えられている。

東京オリンピックでも、その性能はいかんなく発揮された。長い首をネットの下に伸ばし、相手の選手の手や脚や頭を食べたのだ。どんどん、点数が加算されていく！

敵チームも、ゾウの鼻のような長い触手と五つの眼を持つオパビニアで対抗してくるが、早紀はいち早く綱引きのように自軍に引き込んだ。

「おっと！　オパビニアが敵陣に入ってしまった。山崎さん、この場合はどうなるんでしょうか？」

「ルール違反者は爆発して死ぬんだよ」

オパビニアが爆発する！

「いまのうちに行くわよ！　ミカ！　千宙！」

リーダーである早紀に従い、ミカと千宙はネットと平行に駆け出した。

狙うはネットを支える柱だ。あれを敵陣に押せば、敵の陣地を奪って無条件で勝利になる。

相手側の陣地から、銃弾や弓矢やバーベルが雨あられと降ってくる。一同は、肉体が穴だらけになって、内臓をつぶされながらも走る。こちらの意図に気づいたのか、敵チームも馬やカヌーやサーフィンや自転車やヨットや徒歩で動き出す。

いつの間にか、周囲は沼ではなく、アスファルト舗装された道路になる。

「空上さん、お先に行くよ」

千宙はオルニトミムスと化して、ミカを追い越す。ミカは、標識を見て顔色を変える。

「ダメッ！　天沢さん！　そのゾーンは競歩ゾーンだよ！」

千宙はあわてて止まろうとするが、間に合わない。

「あぁっと！　千宙選手！　競歩ゾーンで走ってしまった！　反則だ！」

「死を持ってつぐなえ」

千宙は爆発して死んでしまった！

ミカは気を取り直して、競歩ゾーンに入る。スピノサウルスの一歩一歩は大きいので、歩いていてもかなりのスピードが出る。

道路は徐々に傾き始め、ついには、崖のようになった。

「おっと！　ここから、クライミングゾーンだ。さすがのスピノサウルスでも太刀打ちできないぞ！　どうする!?」

止まったミカを狙い、ネットの向こうから、重量級アノマロヒューマンが襲いかかってくる。ソーセージのような鰓曳《えらひき》動物オットイアを全身から生やして、ボクシングをしてくる。その先端は、丸く膨らみ、トゲトゲがついているのでとても危険だ。

対するミカは、三畳紀後期の原竜脚類プラテオサウルスを召喚する。竜脚類の仲間であるが、後ろ脚だけで立つことも可能で、前脚には枝をつかむための鉤爪がある。

プラテオサウルスはネット越しにオットイアをひっかく。水力学的骨格を採用している鰓曳動物は、ひっかき攻撃に弱い。被膜が破けて、体液が飛び散ってしまう。食べると、なまこに似た珍味である。

ミカと早紀は、プラテオサウルスを階段代わりにして崖のように傾く道路を登った。崖の上は、ストリートが広がっていた。ここは、スケートボード体操エリアだ。スケートボードに乗りながら新体操をしないといけない。

アノマロヒューマンたちは、リボンの代わりに、体節が二十ある細長い節足動物、フォルティフォルケプスを振っている。アノマロカリスのような大きな触腕を持ち、攻撃力は十分だ。

スケートボードになっている生物は、ヴェトゥリコラだ。ココナッツの殻のような、切込みが入った頭部に、エビのような尻尾が生えて、団扇のように広がった尾を持っている奇妙キテレツな生物だ。これは、現生種との対応関係が不明であるため、古虫動物という謎のグループに入っている。殻を道路にこすりつけて、尻尾で加速して、階段や手すりなどのさまざまな場所を滑っている。

ミカは、プセフォデルマを召喚する。外見はカメそっくりだが、カメではなく板歯目という、三畳紀に絶滅した爬虫類だ。首長竜の親戚であり、浅い海に生息していた。平たい甲羅を持っているので、スケートボードに最適だ。

ミカたちがリボンとして使うのは、ジュラ紀の翼竜、ディモルフォドンだ。舵取りとして使われた長い尾を持ち、先端にはダイアモンド型のフラップがある。飾りとして使えて、芸術点も加算されるのだ。

ディモルフォドンが羽ばたき、プセフォデルマ・ボードがストリートを進む。巨大なゴルフボールが猛スピードで走っているので、それを避けなければいけない。

「さあ、ここから自陣と敵陣の区別がなくなるフリーゾーンだ！　山崎さん、ここまでの勝負、どう見ますか？」

「老婆側が一点リードしてるが、本番はここからだな」

「試合がいっそう激しくなります、観客の皆さんは、ぜひとも応援を盛り上げてください！」

ミカはラグビーボール代わりの、大きな楕円状の甲皮を持った節足動物カナダスピスを奪いながら、空手と柔道とテコンドーでアノマロヒューマンをぶち殺して進む。

目的地が見えてきた。ネットを支える柱だ。青空に吸い込まれるように高くそびえている。東京タワーや東京スカイツリーよりも高いくらいだ。あの柱を動かせば、勝利はこっちのものだ！

アノマロヒューマンたちも、集結しつつある。人間形態を捨てて、アノマロタンクの形態となり、柱に突進している。

「最終決戦だ！　時間誘導コイルの制御権をかけた戦いはどちらが勝つか!?」

「どうやら、アノマロ側の到着が少し早かったようだな」

アノマロ陣営はミカがやって来るのを待っていたようだった。人間形態をしているプレイヤーたちが、スクラムを組んでいる。頬のあたりがぷっくらと膨らみ、肉がどんどんと伸びていく。皮がはがれるように、なかから枝分かれした付属肢が現れる。胸や腹からは、毛虫のような複足が飛び出る。アノマロカリスに近縁であるケリグマケラの遺伝子を発現したのだ。

「ミカ選手、はたして、この差を埋められるでしょうか？　あっ！　いま、変身しました！」

ミカは自らをダーウィンの大剣で切る。長い腕と剣のような鉤爪を持った体長十一メートルの恐竜、テリジノサウルスに変身だ。その上に、早紀が乗り、投げられたダーウィンの大剣をキャッチする。

最終対決はフェンシングだ！　テリジノサウルスの鉤爪とケリグマケラの付属肢ががっちりと組み合う。ケラチンとキチン質の戦いだ！

テリジノサウルスが腕を一振り二振り三振り四振りするごとに、アノマロヒューマンたちはバッタバッタと切られて死んでいく。テリジノサウルスの爪にフェンシングで勝てる動物など、地球生命進化史上、どこにもいないのだ。

「勝ったわ！」

早紀が叫び、柱へ飛びつこうとした、そのとき！

じゃりじゃりじゃりじゃり。テリジノサウルスの脚元で、何かが動いた。

一センチほどの茶色い、無数の塊。土塊《つちくれ》だと思っていたそれは、生きていた。体節を曲げて、いくつもの脚をうごめかせる。

三葉虫の群れだ！

気づくと、道並みはすべて三葉虫に埋められていた。テリジノサウルスが、悲鳴を上げる。脚が食われているのだ。

周囲の高層ビルの表面がはがれ落ちる。東京スカイツリーや東京タワーや東京オペラシティや東京都庁第一本庁舎や東京日本橋タワーの窓ガラスや鉄筋コンクリートがパラパラと崩れていく。それらはすべて、偽装であったのだ。仮面の下の真の姿が、いまあらわになる。

カラーコーンを逆さにして立てたような形だ。バランスが悪そうな接地点は、根のようなものが出て地面と固く結びついている。上部では枝のように分岐しており、いくつものコーンが二重三重に生えている。材質は硬そうだが、スポンジのように細かな穴が無数にあいている。

カンブリア紀に海底で礁を作っていた生物、古杯類《こはい》だ。系統学上では海綿に近い生物だ。古杯類にはたくさんの種類があった。代表的なコーン状のものよりも大きく広がっているお椀状のもの。狭くなっているタワー状のもの。曲がりくねっているものや、丸まっているものも。それらは、生物たちの生息地になっているようだ。びっしりと、三葉虫がひしめき合い、それを狙うオットイアやオパビニアやケリグマケラたちが寄ってくる。

アノマロヒューマンたちは、東京そのものを改造していたのだ！　東京オリンピックは罠だったのだ！　東京をカンブリア紀にして、根本的に自ら有利なフィールドで勝負をする……。どんなドーピング行為をしたとしても、これほど効果的なズルはできまい。まさに、発想の転換、コペルニクス的転回だ！

中生代の生物は、カンブリア紀の生態に合わないのだ。アノマロヒューマンたちの卑怯な戦法により、ミカと早紀はどんどん体力を失っていく。レフェリーは反則を宣言しない。事前に買収されていたに違いない！

もうダメだ……。視界が黒ずんでいく……。

二人の最後の気力がなくなりそうな、その瞬間！

「諦めちゃダメじゃい！」

どこからか、声がした。

ネットに沿って、何かが動いている。

「おぉっと、あれは幾久世選手だ！　どうやって、これほどまでに早くたどり着いたのか!?」

幾久世は、白亜紀に生息したアンモナイト、ユーボストリコセラスに変身していた。このアンモナイトは殻の巻き方が、コルク抜きのようにらせんを描いているという奇妙キテレツな軟体動物だ。その殻を、ネットにはめ込み、猛スピードで回転して前進しているのだ。

「山崎さん、どうでしょうか？　ここで老婆チームが一発逆転しそうですか？」

「ははは！　いまさら、アンモナイト一つでどうにかできるわけないだろ！」

「それが、どうにかできるんじゃい！」

幾久世の宣言とともに、雨が降り出した。雨？　それにしては、水滴が茶色い。甘いニオイがフワフワと漂ってくる。

シュワシュワと音がする。水滴から、無数の泡が出ているのだ。

そうだ。これは水ではない。これは、これは……。

「コーラじゃい！」

これはコーラだ。幾久世は、スプリンクラーの給水装置に大量のコーラを投入して、ばらまいたのだ。

なぜそんな酔狂なことをしたのか？　これには、ちゃんとわけがあった。

「あぁぁぁ!? どうしたことか、あれほど立派にそびえ立っていた古杯類が、どんどん溶けていくぞぉぉぉぉぉ!」

「これは……、海洋酸性化か……!?」

イエスだ。コーラは炭酸である。つまり、酸性だ。古杯類の骨格は炭酸カルシウムでできている。これは、酸性の環境下では形成できなくなってしまうのだ。

古杯類はどんどんと溶けて消え、フィールドが変わっていった。大絶滅が起こったのだ!

絶滅のあと、代わって登場したのは、古杯類に負けず劣らず奇妙キテレツな生物たちだ。まるで、フタのついているバケツのような太い円筒状の塊が、空中高くにそびえ立つ。その傍らには、二本の水牛の角を根本でつけあわせたような形の弓状の塊が、堆積物のなかで寝転ぶ。

ジュラ紀から白亜紀にかけて、低緯度の海で繁栄した厚歯《あつば》二枚貝だ! 貝類なのに、サンゴのように海底付着型の生活をして、礁を作っていた。

古杯類の骨格は、あられ石《アラゴナイト》でできている一方、厚歯二枚貝の殻は、方解石《カルサイト》でできている。成分は同じ炭酸カルシウムであるが、カルサイトのほうが海洋酸性化に強いのだ。

試合の流れは変わった。いまや、フィールド効果は中生代のほうに有利だ。

「うぉぉぉぉぉぉぉ!」

ミカ、早紀、そして幾久世の三人は、柱を押した！　柱が支えるネットが移動し、敵陣を襲う。

「あああ！　アノマロヒューマン選手がどんどんと爆死していきます！　老婆チームに、七百万点が入りました！　この試合振り返って、どうでしたか、山崎さん？」

「俺がこれまで見てきたなかでも、一番見事な試合だった……。感動で涙が出てきたぜ……」

ミカたちの汗と努力の結果、老婆チームは正々堂々とスポーツマンシップに則り、アノマロヒューマンたちを皆殺しにして、金メダルを手に入れた。

千宙は死んでしまったが、これも尊い犠牲だ。彼女の大好きなシロアリの巣に埋葬しよう。

アナウンスが流れる。

「それでは、表彰式を始めます。代表選手は、表彰台に上がってください」

「誰が行くんじゃい」

「そりゃあ、幾久世。あなたでしょ。ＭＶＰよ」

ＭＶＰとは、Most Valuable Player のことで、最優秀選手であるということだ。幾久世は、やればできる人間であったので、たくさんのアノマロヒューマンを殺したのである。

「あははは、照れるんじゃい。それじゃあ行ってきますんじゃい」

幾久世が、金メダルを首にかけたそのとき……!

いきなり、金メダルのリボンが縮み始めた。これには、幾久世も「じゃい」と言う暇もなく、頸椎《けいつい》を圧迫されて死亡する。

27 東京五輪大壊滅

「殺人事件よ!」

早紀がびっくりして飛び上がる。

「犯人は、誰なんだ……!?」

ミカがこれまでの情報をまとめ上げて、推理しようとする。

「ふっふっふっふ、犯人ね……。わたしだよっ、このわたしが殺したのさ!」

推理するまでもなかった。月波が、自己申告したからだ。

「神木さん……。なんで、殺したの……。わたしたち、友達でしょ……」

早紀が絶望して、質問する。

さて、月波はなぜ幾久世を殺したのだろうか? 彼女の内面を想像して、共感して感情移入して、その理由を考えてみよう。

「なぜって、それはね……。小夜香が、理由を与えてくれたからさ！」

そうなのだ。小夜香は、月波に対して理由供給装置となっていたのだ。どうデスの第一回戦で、ミカにとって早紀の存在が生きる理由となったように、月波にとって小夜香の存在が殺人の理由となったのだ。

「あなたたち裏切ったのね！」

「そだよー。そうだとしたら、どうするの～」

小夜香が聞く。

「殺してやる！　そうよね、ミカ！」

「そうだそうだ！」

ミカは賛同して、月波と小夜香に殴りかかろうとする。

「やめたほうがいいよ……。わたしの能力を見よ！」

月波が変身する。いつものティラノサウルスになると思いきや、その腹から、二つの巨大な触腕と、複眼が飛び出してくる！

ティラノサウルスとアノマロカリスが合体した**最強究極至上生命体T《ティラノサウルス》-アノマロレックス**だ！

ティラノサウルスと、アノマロカリス。古生物学の二大スターが合体すると、どんなに強いのか想像に難くないだろう。

「はははは！　これこそ最強！　これこそ究極！　これこそ至上！　さあ、終わりの始まりだ！」

ドシンドシンと、巨大な体を揺らす月波。ティラノサウルスの部分がグォォォンと吼え、アノマロカリスの部分がガシャガシャと触腕を交差させる。

「まずは、おまえだ！　八倉巻早紀！　いつもいつもエラそうにしていて、気に入らなかったんだよ！　さあさあさあさあ、どんな殺し方をしてあげようかな？」

「ミカ、ちょっと頼まれてくれない？」

早紀がミカの耳元でささやくと、ミカはうなずき、ダーウィンの大剣を早紀に渡した。

「さあ、勝負よ！　神木さん、かかってきなさい！」

ダーウィンの大剣を掲げて挑発する早紀。挑発に弱い月波は、まっすぐ向かう。

早紀は、正面から戦うという愚かなことをせず、大きくジャンプして観客席へと移った。

もしもティラノサウルスであれば、早紀のところまでたどり着くことはできなかっただろう。だが、月波はT‐アノマロレックスだ。いくつもあるヒレを動かして、短時間であるが空を浮遊することができるぞ！

「さあ、どうしたことか!?　どうやら老婆チームは仲間割れを始めたようだぞ！　山崎さん、どう見ますか？」

「失望だな。アスリートは観客を感動させるためにあるっていうのに。絆ってものが足りてねぇんだよ……。おい、待て。こっちに来てるぞ！　逃げろぉぉぉぉ！」

Ｔ‐アノマロレックスは実況者と解説者を踏み殺して、早紀を追う。早紀は大勢の観客をかき分けながら、ひたすら逃げる。

「おいおいおい、逃げるだけじゃ、能がないなぁ。八倉巻さん、頭悪いんじゃない？」

「ふふふっ、頭が悪いのはあなたのほうよ。神木さん」

「はぁっ!?　あー、ムカつくムカつく！　殺す。絶対殺す！」

月波はますます逆上する。冷静さを失い、早紀が仕掛けた罠を見過ごしてしまった。

「そろそろ、頃合いね」

早紀が言うと、月波の周囲にいた観客が一斉に変化し始める。体長およそ三十メートル、体重数十トンある竜脚類だ。そんなやつが数百頭観客席に誕生したわけだ。肉に肉を重ねて、肉が肉に埋もれる！　竜脚類に竜脚類をはさみ込んだ百パーセント竜脚類の竜脚類サンドイッチだ。数千トンの竜脚類サンドイッチが、月波を襲う！

これほどまでに多数の竜脚類が観客席に立つことを、オリンピックスタジアムの建築家は想定していなかった。竜脚類の雪崩は、スタジアムの一角を破壊して、がれきに月波を埋めた！

「なーにが、最強究極至上生命体よ。ずいぶん、あっけないわね」

月波だった残骸を見下ろす早紀。

「ぐっ、ぐぁっ！　コロス……、コロシテヤル！」

なんと、竜脚類のがれきをかき分けて、月波が立ち上がった。執念だけはすごい。

「神木さん、けっこうやるわね。そこは褒めてあげるわ。けれど……、どうしようもないほど愚かね。――ミカ、いまよ！」

早紀の合図とともに、ミカは時間誘導コイルのスイッチを入れた。激しく時空がゆさぶられる！　早紀は準備して座席につかまっていたので大丈夫だったが、月波は時空の歪みに飛ばされてしまった！

「あぁぁぁぁぁぁぁぁぁあぁぁぁぁぁ！」

悲鳴を上げながら、月波は竜脚類とともに、宙を舞い、スタジアムの反対側を破壊して時空の彼方へと消えていった。

「早紀、大丈夫だった⁉」

ミカが戻ってくる。

「あんな雑魚。お茶の子さいさいよ。それよりも、問題はこっちよ」

早紀は、小夜香に向き合う。月波が殺されても、表情一つ変えない。

「小夜香。あなたに聞くわ。なぜ、裏切ったの？」

「その理由、ここでは教えられないな。小夜香を追いかけて来てよ。**時間寄生虫**《クロノパラシトス》のところで待ってるよ」

そう言って、小夜香は過去へ消えていった。

第五章　時間寄生虫《クロノパラシトス》

28　進化砲撃①：ターリーモンスター

時間寄生虫《クロノパラシトス》……。一本の幹である統一された時間軸に介入し、幾多もの異常な枝時間を成長させる存在。

それは、まるで、時間の細胞を際限なく増殖させて、がんを作り出す病原体のようであった。

時間寄生虫は、生命の進化史に介入し、**進化ハッキング**を起こす。万物根源によって統一された進化時間軸は、異常な進化に直面して、混乱の渦に巻き込まれ、最後には崩壊してしまう。

中生代切断計画によって、時間寄生虫が解放されてしまったようだ。ペルム紀末の大絶滅と、三畳紀末の大絶滅は、**絶滅時間牢獄**であったのだ。時間寄生虫は、生物の遺伝情報に乗って時間を自由に移動できるが、大絶滅がその移動を抑え込んでいた。二つの大絶滅が、鉄格子になり時間牢獄を作っていたのだ。中生代が切断され、揺り動いたことで、鉄格子がズレて、三畳紀に封印されていた時間寄生虫が覚醒した。

ヘヴンズドアからの祝福を受けて、万物根源となったミカたちの、もっとも強大な敵が、この時間寄生虫である。ミカたちには、時間寄生虫を駆除して、生き生きとした時間の秩序を成立させる理由があるのだ。

小夜香は、裏切って、時間寄生虫の側につき、はるかな過去へと旅立っていった。

「追わなきゃ！」

ミカが過去へと行こうとする。

「ダメよ。時間エネルギーが足りないわ。小夜香には追いつけない。追いついたとしても、速度が出なくて返り討ちにされるだけよ」

早紀が止める。

「だけど、どうやって……」

「時間塹壕を作って、長期戦にするしかないわね……」

作戦を練る二人。

そのとき、遠くからグォォォンと低い響きが伝わってきた。

音は徐々に大きくなる。近づいているのだ。

ミカと早紀は、進化の記憶が揺り動くのを感じた。時間のなかで、これまでにない情報の波が伝わってきている。

「**進化砲撃**よ！」

進化砲撃。これまでとは別の進化を起こし、時間軸を書き換え、それを砲弾のように飛ばす。時間寄生虫の得意技だ。

崩壊したオリンピックスタジアムの壁がさらに壊滅する。

壁の穴からは、自動車サイズの巨大なハサミが現れた。ラグビーボールを縦に割ったような形で、なかには無数のトゲトゲがある。ハサミは、無数の太く長い毛が生えたアコーディオンのように段々とした器官とつながっていた。

アコーディオン器官は、前後にウネウネとうねっていた。毛には筋肉がついているようでピクピクと動いている。毛で地面との摩擦を大きくして、アコーディオンが伸び縮みすることで前方へと移動する。

穴から、アコーディオンに引かれて、ズルズルと、生物の体が現れた。イカをペチャンコにしたような、筋肉がむき出しになった平たい体だ。奇妙キテレツなことに、細長い柄が両側から生えており、そこに眼がついている。

巨大な生物が穴から現れたあと、それよりも小さな、人間サイズぐらいの生物が現れる。アコーディオン器官を下に向けて、ピョンピョンと活動的に跳ねている。

これは、ターリーモンスターが進化した姿だ。ターリーモンスター、正式名称ツリモンストラムは、石炭紀の海に生きた動物である。その正体は謎で、既存の分類に入れることができていない。

ミカは、石炭紀を見た。石炭紀は、陸地には巨大な森林が広がり、巨大昆虫が繁栄し、初期の爬虫類が誕生して陸地へと広まった時代である。

ところが、脊椎動物よりも先に、ターリーモンスターが上陸を果たした。ターリーモンスターは、凶暴な肉食動物のニッチを手に入れ、そのハサミで、原始的なトカゲたちを駆逐したのだ。それから、ターリーモンスターが陸上の支配的動物となった。

ターリーモンスターは、その特徴的な長い口を利用して移動するように進化した。口行《こうこう》類の誕生だ。口で歩行し、木に登り、ジャンプした。やがて、恐竜と同じように巨大化するものも現れたのだ。

スタジアムの上空では、空飛ぶターリーモンスターが現れた。二本の口を、それぞれ逆方向に回転させてヘリコプターと同じ原理で空を飛んでいる。

しまった！　囲まれた！　空間的にも、時間的にも包囲されてしまったのだ。

「まずいわね……。この枝宇宙は、時盤が弱いわよ。すぐに破壊されてしまう……」

早紀がつぶやく。

「逃げるのは？」

「十分な時間エネルギーが足りないわ」

ミカは周りを見た。十分な時間エネルギーを秘めているものはないのか……。普通の生物など、時間を流れる存在は、時間エネルギーを持っている。だが、のんきにたくさんお肉など食べている悠長な時間はない。

「そうだ……！　あった！」

ミカが飛びついたのは、幾久世の死体だった。彼女は万物根源の一部なのであるから、途方もない時間エネルギーを秘めているのだ。

「でかしたわ！」

二人は死体に駆けより、三枚おろしにして生で食べた。醤油も生姜もオイスターソースもなく、生臭いが、この際仕方がない。

時間エネルギーが、二人の体に充満した。自らが、どんどんリアルになっていくのを感じる。生き生きとした時間のなかで生きていることを実感する。時間の流れを感じることは、そのまま、メタ時間的視点の獲得となる。

「うぉぉぉぉぉぉぉ！」

ミカは、ダーウィンの大剣を過去に投げ、進化砲撃の世界線を切った。過去の砲撃が切られたことで、現在の砲撃がなかったことになる。そのスキをついて、過去へとジャンプする。

ここは、石炭紀の海だ。浅い海に、ゆらゆらと、生き物が浮いている。ターリーモンスターだ。まだ、十センチくらいの大きさしかない。

この個体は、陸地適応型に進化する直前のものだ。変異した遺伝子が、肺呼吸へと体を変える基礎となるのだ。

「死になさい！」

早紀が靴でターリーモンスターをぶちゅっと踏みつける。進化の起源が子孫を作らずに死んだことで、進化砲撃は収まった。

「ふう、これで一安心」

ミカが、安堵のため息をつく。

「まだよ！」

早紀は過去を指差した。

猛烈な進化砲撃が近づいてくる！

29　進化砲撃②：腕足動物

ごぉうんごぉうんごぉうん！

時間の轟音が響く。時間が、ギシギシきしむ音が聞こえる。

宇宙がブルブルと震える。急激な宇宙リライトの波が放たれる。

ばさぁー！　大きな波が陸地にかかる。みるみるうちに、海が岸を侵食して、大陸は群島となる。

石炭紀は、ゴンドワナ大陸という超大陸が形成されていた時代であるが、大陸は存在しなくなり、無数の群島が分散している地形となった。

石炭紀末期には、ゴンドワナ大陸が南に移動して氷河ができて、地球寒冷化が起こるはずなのだが、その歴史がなかったことになる。穏やかな暖かい海がどこまでも続いている。

「あれは何？」

早紀が見たのは、島に係留されている、いくつもの殻であった。ぱっと見て、二枚貝のような生物だ。イチョウの葉のような形をしている、一メートルほどの殻が、波に揺られている。とてもリラックスできる雰囲気で、リラクゼーション・ビデオを現実に持ってきたような光景だ。

殻のでっぱり部分から、二の腕ほどの太さの筋肉が生えており、岸辺に固く付着している。

ミカは、ダーウィンの大剣でその生物を真っ二つにした。

二枚貝であれば、肉身でいっぱいで、バター炒めや味噌汁の具にぴったりしであるが、この生物には肉がほとんどない。

殻のなかの多くを占めていたのが、らせん状の骨だ。骨には、びっしりと細かな触手がついており、それを揺り動かして水流を作っているようだ。

ミカはピンときた。

「ははあ、こいつは、貝じゃない。腕足動物だ」

「腕足動物？」

現生の腕足動物にはシャミセンガイやチョウチンガイなどが知られている。その名の通り、二枚貝とそっくりの二つの殻を持つが、軟体動物の貝類とはまったく別のグループの生き物だ。二枚貝は体の左右に一枚ずつ殻があるのに対して、腕足動物の殻は背と腹にある。

主にプランクトンを濾し取って食べる生態をしていたが、同じようなニッチを占める貝類との競争に敗れてその多くが絶滅していった。

……ということを、ミカは解説しようとしたが、急に水流が速くなり、足を取られて転倒してしまう。

さっきまで穏やかな浅い海だったのに、鉄砲水のような局地的な流れがミカと早紀を連れ去り、沖合に流した。

「なにあれ!?」

早紀が叫ぶ。流されるにつれて、水平線の向こうに巨大なものが見えてきたのだ。

二つのらせんがクルクルと巻きながら、青い空にどこまでも伸びていっている。

らせんが出ている海域に向かって、渦巻のような水流が流れている。有無も言えずに、二人はどんぶらこどんぶらこと吸い寄せられていく。

らせんたちが近づくにつれて、その大きさを理解できてくる。少なくとも、数キロはあるだろう。空中だけでなく、海中深くにも続いているようだ。

「あっ!」

ミカは叫んだ。らせんの表面に、細かな触手がついていたからだ。その触手で、海水を漕いで、海流を作り出していたのだ。一つ一つの力は弱々しいが、途方もない正確さで、水を加速させ、勢いを合計することでスサマジイ流れを生み出している。

「もしかして……!」

ミカは気づいた。この巨大ならせんそのものが、進化した腕足動物の一部であったのだ。

「でも、それなら、殻はどこにあるのよ」

「あれだよ……」

ミカは、水平線の彼方にある島影を指差す。さきほど近くにいた島だ。

「まさか、この海域自体が、巨大な腕足動物だっていうわけ？」

「そうだ。腕足動物は、水流を作るのが得意な生き物なんだ。能動的に動けない代わりに、体の形によって水の流れをコントロールして、うまくプランクトンを消化器官に持っていくことができる。わたしたちをここまで連れてきた渦巻のような流れは、この腕足動物が作り出していたんだ」

過去に意識を送ると、その推測が正しいことがわかった。石炭紀の前の地質時代である、デボン紀において、腕足動物たちが飛躍的な進化をしていたのだ。

始まりは、腕足動物たちの群れだった。一匹でも、腕足動物は効率的な水流を作り出すことができたが、集団になることによって、もっと効率的な流れができていった。やがて、集団に淘汰圧がかかるようになった。いや、そうなれば、もはや集団ではない。集団構造そのものが一つの個体なのだ。

最初はプランクトンを捕食するための水流であったが、効率化することによって、獲物がどんどん大きくなっていく。魚や甲殻類までをも水流によって捕食する頂点捕食者となった。豊富な栄養を背景に、どんどんと巨大化していく。巨大となった腕足動物は、全世界の海を支配した。

生存に有利な水流が追求されることで、やがて、水流そのものに知性が生まれるようになった。水流を計算に利用した水流コンピュータだ。水流知性は、自らの生存に有利なように、環境を改変することにした。海流を作り変えることで、温暖化を促進させ、大陸のない群島と浅瀬がどこまでも広がる地球に改造したのだ。

地球全体は、**腕足動物水流コンピュータ**に支配されていた。

当然、こうなれば、陸上生物は進化しない。爬虫類自体の進化が阻害されて、恐竜も哺乳類も生まれてこないのだ。

「ミカ、この腕足動物に弱点はないの？」

「弱点？　うーん……。能動的に動くことができないから、水流を乱せば、餌が取れなくなって死ぬかも」

「それよ！」

早紀は、十億頭のスピノサウルスを召喚した。スピノサウルスをバタ足させて、強力な水流を作り出す。腕足動物の水流とぶつけて、乱そうという計画だ。

当然、腕足動物の水流知性が黙っているわけがない。腕足動物自体は、完全に受動的な生物で物理的な攻撃手段を持たないが、共生する微生物がいる。攻撃用の微生物として、猛毒を持つ種を飼っているのだ。

腕足動物から発射された水流に乗り、猛毒微生物がスピノサウルスの群れに届く。スピノサウルスたちはバッタバッタと泡を吹いて倒れていく。それでも、バタ足を続ける。ゆりかごから墓場までバタ足。バタ足のために生まれ、死んでいく。バタ足こそが人生。

一万年くらいが経ち、スピノサウルスの頑張りにより、水流知性が分断されてきた。腕足動物たちは、猛毒微生物により、自分たちの獲物となる生物をも殺してしまい弱ってきたのだ。死んだスピノサウルスを食べればいいじゃないという意見もあるだろうが、ミカと早紀が全部素早く食べるので、横取りする暇がないのだ。

知性化した腕足動物が絶滅し、進化砲撃がいったんストップした。その間隙を縫って、ミカと早紀は過去へとタイムトラベルする。

30　進化砲撃③：ウミユリとウミサソリ

「前方、進化砲撃が来るわよ！」

早紀が叫ぶ。

今度の進化砲撃は、シルル紀から飛んできた。シルル紀というのはマイナーな時代だが、古生代第三の時代である。陸地には、まだ動物は上陸しておらず、原始的な植物が進出し始めた頃だ。

時間線を、進化砲撃が走る。ミカと早紀は正面から進化砲撃に体当たりし、バランスを崩して不時着してしまった。

「いてて……、ここは？」

「約三億四千万年前、デボン紀の後期ね」

デボン紀は、古生代の四番目の時代だ。大型植物や、脊椎動物が陸上に進出した時代で、後期には大絶滅が起こったことでも知られている。

周囲を見渡す。二人が不時着したところは、森だった。最古の樹木、アーケオプテリスの森だ。最初に森を作った植物で、シダ植物の仲間である。

地面は水浸しであり、浅い沼となっている。アーケオプテリスの根が沼のなかを血管のように走っている。

そんな森のなかに、異様なものが見えた。三十メートルを超すアーケオプテリスの二倍くらい高い。

巨大な花……。一見して、そう感じた。長い茎の頂上に、閉じたつぼみがのっている。百合にも似ている形だ。そんなやつが、森のところどころに生えている。

実はこれは百合ではない。ウミユリだ。植物ではなく、立派な動物だ。棘皮動物といって、ヒトデやウニやナマコの仲間だ。

名前のとおり、いつもは海にいるはずなのに、なぜこんなところで生えているのだろうか？

「ミカ！　夜の面を見て！」

早紀が注意した。ミカは時間を少し移動する。

太陽が沈み、周囲は暗くなる。ウミユリのつぼみが、一斉に開く。

巨大な花弁により、上空が覆われる。ウミユリたちの花弁で、天井ができたようだ。

ミカは視界を地球全体に広げたが、このようなウミユリ天井が大陸のいたるところで形成されているようだ。ウミユリたちは、夜には花弁を開き、昼には閉じる。いったい、何をやっているのだろうか？

ガサガサという音が聞こえた。二人は森に隠れる。

巨大な節足動物が、森を移動していた。クモのような頭をしている。胸部から、三つの巨大な脚がガサガサと動いて力強く地面を蹴っている。合計六本の脚があるのだが、一対目と二対目の脚は細いアゴのようになっている。三対目の脚はカニのような大きなハサミになっている。

腹部は、平たくなっており、いくつもの節で分かれている。尾は細長くなり、針のようになっている。腹部には脚が生えていないため、地面との摩擦を少なくしようと、体を丸めている。

「あれは……、ウミサソリだ」

ウミサソリ。クモやカブトガニの仲間であり、シルル紀の海での頂点捕食者である。しかし、デボン紀後期の大絶滅によって大きなダメージを受けて、ペルム紀末期に絶滅する。ウミサソリはその名のとおり、生息地は海であるが、陸地を歩くことができた種もいたらしい。こいつは、陸上に適応した種だろう。

奇妙なことに、ウミサソリの頭の後ろには、小さなウミユリが付着していた。

ウミサソリは、大きなハサミをシャキシャキと動かして、樹木を切り始めた。ノコギリのようなギザギザがあって、まるで木を切るために生まれてきたような形態だ。チェーンソー並みの効率で大木を倒していく。

そうして、空き地が作られた。ウミサソリは、うずくまるように体高を低くする。すると、頭の上のウミユリが、体を揺らした。

ウミユリの根本がはずれ、ぴょんぴょんと地面に飛び降りる。小さな穴に体を埋める。ウミサソリは、まるでガーデニングでもしているように、ウミユリの根本に土をかけると、ふたたび森のなかへ消えていった。

「追うわよ！」

二人は謎を解くために、ウミサソリを追う。

しばらく歩くと、森を出て広く浅い沼に到達した。数時間が経ち、朝日が出始める。

太陽に照らされたのは、異様な光景だった。

赤色と緑色に彩られた、色鮮やかな、長い羽根が何本も動いている。一つの羽根の長さが、二十メートルはあるだろうか。そんな羽根が何十本も放射状にまとめあげられており、ゆらゆらと幻想的に動いているのだ。

地球上の動物とは思えない姿であるが、ミカはその正体がわかった。

「ウミシダだ!」

ウミシダとは、ウミユリの仲間である。ウミユリは、柄のような器官で固着して一生を過ごすが、ウミシダの成体には運動性があり、活発に腕を動かして海中を泳ぐことができる。

ウミシダのなかには、無数のウミサソリが棲んでいた。ほとんどは幼体のようで、片手ほどの大きさしかない。

ウミシダは、腕を使って回転しながら、沼のなかの魚を取っていた。ワニのような魚だ。肉厚のヒレは、まるで脚のように沼地を蹴ることができるようだ。両生類の祖先であるティクターリクだ。

一メートル以上あるティクターリクに、ウミシダが覆いかぶさる。必死に暴れるが、ウミシダ内のウミサソリが、一斉に襲いかかる。ウミサソリのハサミで肉をこそぎ落とされ、命を失っていく。

「そうか、共生しているんだ」

ミカの推測では、このウミシダとウミユリとウミサソリは共生して一つの生活環を形作っている。ウミサソリはウミシダのなかで生まれ、幼体のときはウミシダを巣とする。ウミシダのほうでも、ウミサソリを武器として使うことができる。

ウミサソリが成体となると、ウミシダの幼体を頭につけて、遠くに行く。ウミシダの幼体は、ウミユリのように固着性である。というか、固着性のウミユリが運動性を獲得したのがウミシダだと考えられている。その証拠に、ウミシダの幼体はウミユリと同じような固着形態をしている。

ウミサソリの頭にのったウミユリは、適当なところを見つけると、地面に固着する。そうして、大木のような姿に成長するわけだ。そのうち、固着性を失って、ウミシダ形態になるのだろう。

「なるほど……、そういうことか……、わかってきたぞ……」

ミカは、ウミユリとウミサソリの共生体が何を企んでいるかわかった。デボン紀後期の大絶滅を回避しようとしているのだ。デボン紀後期には、進化史において初めて、大型植物の森が陸地に形成された。あまりにもその増殖が早かったので、木を分解する小動物や微生物の進化が間に合わず、大きな環境変動が起こる。一つは、地面の侵食である。森の侵食によって、大量の土壌が海に流れ出し、それが富栄養化と貧酸素化を引き起こしたのだ。また、二酸化炭素を吸収したことで、温暖化ガスが少なくなり、寒冷化も生じた。このような、複合的な環境変動がデボン紀後期の大絶滅を引き起こしたのだ。

つまり、森を少なくして、温暖化を促進すれば大絶滅がなくなるということだ。ウミユリとウミサソリがやろうとしていることは、それだ。成長したウミサソリが樹木を伐採する。そして、夜開くウミユリの花弁によって、地面から発せられる熱が封じられて寒冷化が防止されるのだ。ビニールハウスと同じ原理だ。

「……ということなんだよ！」

ミカが説明する。

「じゃあ、絶滅させましょう！」

早紀が叫び、中生代の植物たちを召喚した。イチョウ、ソテツ、スギ、イチジク、モクレンなど、進化した樹木を次々と植林する。木を食べる生物が進化していなかった頃なので、どんどん増殖する。

当然、ウミユリとウミサソリは伐採しようとやって来る。植林vs伐採の大戦争。木を守るために恐竜を召喚する。

カルカロドントサウルスが、ウミサソリをバラバラにする！　メガラプトルの鉤爪が、ウミシダを切り裂く！

戦いは百万年ほど続いた。最初は互角だったが、徐々に恐竜側が優勢になっていった。

棘皮動物と鋏角類の分際で恐竜に勝とうなど考えるだけでおこがましいのだ。

進化砲撃の勢いが衰え、ミカと早紀はシルル紀にジャンプする。ウミユリとウミサソリの進化ルートを切り刻み、進化砲撃の起源を消滅させた。

31　絞め殺し宇宙

デボン紀からシルル紀、シルル紀からオルドビス紀に飛ぶ。

いよいよ、アノマロタンクの発射時点、カンブリア紀に近づいているのだ。

カンブリア紀の終わりあたりから、アノマロタンクが時間の風に乗って未来へと飛んでいる。進化史をアノマロタンクで襲撃し、粉々にして、時間を崩壊させるつもりなのだ。

いつもならば、穏やかなはずの時間が、ものすごい嵐に揺れている。

嵐の原因は、**時間圧力**だ。圧力が高まり、時間の流量が増加して、あちらこちらに渦ができているのだ。

「どうして、こんなにも時間圧力が高いのよ？」

早紀が疑問を呈する。

「宇宙が、縮んでいるんだ！」

ミカの言うとおりだ。カンブリア紀に近づくにつれて、宇宙が小さくなっていた。

宇宙はとても大きいので、少し縮んだだけでは気づかないが、カンブリア紀とオルドビス紀の境目あたりは、急激に小さくなっていた。直径一ミリ以下だ。

宇宙が小さくなったことで、時間の流れの圧力が高まり、時間流量が極端に増加しているのだ。**時間氾濫**が起こっている。

管のなかを流れる流体は、管が細くなると、流量を一定に保つために流速が速くなる。それと同じ原理で、時間が速くなっている。その急激な**時間ジェット**に乗って、アノマロタンクが未来へと飛ばされているのだ。

「どうしよう！　これでは、カンブリア紀に入れない！」

ミカが叫ぶ。いまにも飛ばされそうだ。

「わたしが行くわ！」

勇猛果敢に早紀が飛び出る。時間の渦をパンチして、次々と消滅させる。お嬢様なので、武道にも精通しているのだ。

そんな早紀のすぐ過去に、影が揺らめいた。影はチューニングを調整するように現在へと移動し、レンズの焦点を合わせるように姿がはっきりする。

「やっほー、すごいねー。サッキー」

小夜香だ。

「この裏切り者!」

ここで会ったが百年目という勢いで、早紀は脳髄を破壊しようとチョップを繰り出す。

小夜香は悠々と避ける。

「おっと、サッキー。君はちょっと黙っててくれるかな?」

宇宙の縁がふくらむ。外側から何かに押されているのだ。

ギィィィィゥゥゥゥン! 形而上学的な独特の音とともに、宇宙が破れる。

外から入ってきたのは……宇宙だ!

カンブリア紀に棲む、本来なら絶滅するはずのさまざまな生き物が進化した宇宙たちだ。

「そうか……、そういうことだったのか……」

ミカは、なぜ、宇宙が縮み、時間圧力が高まっているのかを悟った。

「さすがミカミカ、もうわかったようだね~」

小夜香は説明した。カンブリア紀から、さまざまな無数の小さな枝宇宙たちを伸ばし、幹宇宙に絡みつかせて圧迫したのだ。そうして、幹宇宙は細くなり、時間圧力が増える。

熱帯地方に分布するイチジクの仲間は、寄生先の宿主の木に巻きついて枯らすことから、「絞め殺しの木」と呼ばれている。そこから取って、カンブリア紀から生えてきた枝宇宙を**絞め殺し宇宙**と呼ぼう。

絞め殺し宇宙は、ウネウネとうねって、早紀を叩きつけた。とてつもない弾力があるようで、いくら武道をマスターしたお嬢様であろうと、宇宙に叩きつけられたらなすすべがない。バランスを崩して、時間の渦に巻き込まれ、未来へと流されていった。

「早紀！」

ミカは追いかけようとしたが、絞め殺し宇宙に絞められてしまった。

「ねえ、話をしようよ」

小夜香がゆっくりとささやく。

「話って、何を？」

「この世界の真実について」

ミカは、小夜香を無視して、冷静にこの状況を打開するすべを考えた。

不思議なことに、小夜香の周囲は、時間の渦がないようだ。時間が停滞しており、渦が成長する前に消えてしまうのだ。

これは使えるかもしれない……。

「ヘヴンズドアよ！　われに加護を！」

ミカは祈り、ヘヴンズドアからの援護射撃を得る。ヘヴンズドアの**時間剪定**で、時間軸が統一され、絞め殺し宇宙が消える。

「困ったときのヘヴンズドアか……」

そうつぶやく小夜香の体内に、ミカの手が伸びる。

ベキベキベキ！　小夜香の皮膚を、ミカの手が突き抜ける！

体内から、重たく、湿ったものが流出した。活動性の低い時間だ。普通の流れる時間が気体だとすると、この時間は液体だ。小夜香は液体時間を粘液のように皮膚から分泌し、時間の渦からのバリアとしていたのだ。

ミカは、液体時間を時間圧力の高い時点に流し込んだ。時間気体が、時間液体のなかに溶け込み、圧力が低くなる。気液平衡状態を作ったのだ。**時間体液**とでも呼べるだろう。

「さっすが、ミカミカ。わたしが見込んだだけあるね」

体に穴をあけられて、血の代わりに時間体液を流しているのに、小夜香は平然としている。

「ヘヴンズドアについて、知っているのか？」

ヘヴンズドア。ミカたちは、そこから流れ出す祝福によって、生き生きとした時間を手に入れ、万物根源となった。しかし、その真の正体は謎のままであった。

「ヘヴンズドアは、ただの門にすぎないよ。問題は、その向こう側だ。さあ、ついてきてごらん」

「断るね。どうせ、罠だろ」

ミカは小夜香の喉元にダーウィンの大剣を当てる。

「いやー、小夜香も人望がないねえ。いいよ。アノマロタンクの発生源を破壊しに来たんでしょ？　案内してあげるよ」

小夜香は過去へと移動した。その背中を、ミカは用心しながらも追う。

32　神はバラバラになった

「ようこそ、ここがカンブリア紀だよ」

小夜香は、ミカの手を引き、カンブリア紀にエスコートした。

カンブリア紀といえば、動物のもっとも基礎的なグループである「門」が、一斉に誕生する「カンブリア爆発」が起きたことで有名な時代だ。

さぞ、奇妙キテレツな生物がいっぱい見られるだろうなぁと、ミカは期待していたのだが、そのワクワク感は裏切られてしまった。

海底に、びっしりとこびりついているのは、アノマロタンクだった。東京オリンピックを襲撃したスタンダードなタイプだけではない。基盤となっている戦車の部分は、アノマロカリスのほかに、ヒレがトゲトゲしているサンクタカリス、細長い体と四本の鉤爪のある触腕を持つジェンフェンジア、三叉になった長い触手を持つアラルコメナエウスなど、たくさんの種類がある。付属品《アンシラリー》も豊富だ。オタマジャクシのような形で先端に丸い口があるシダズーンは、側面に付着して体内から毒液を噴出している。半透明なクラゲのような体を持ったエルドニアが戦車全体を包み、バリアとなっている。

「このタンクたちは、時間寄生虫が作ったのか?」

ミカは小夜香に尋ねる。

「いいや。どうやら勘違いをしているようだね。アノマロタンクは、時間寄生虫によって改造された生物じゃない。元々、自然の進化が生み出したものだよ」

「そんなことあるわけないだろ! アノマロタンクは戦闘に特化した生物だ。カンブリア紀の初期に、どんな生き物と戦うっていうんだ? そんな機能が進化する淘汰圧がない」

「あるわけあるんだよね。ほら、見てよ。ちょうど、アノマロタンクのバトルが始まるよ」

小夜香は海底を指差す。無数のアノマロタンクが集合していた。それらは、巨大なゼリー状の塊に向かっている。いくつもの管を集合させて作った平たいマットレスのような生き物だ。

「あれは……、ディッキンソニア?」

ディッキンソニア。カンブリア紀の前の時代、原生代のエディアカラ紀の生物だ。エディアカラ紀の動物は、カンブリア紀の動物以上に、分類不能な動物が多いことで知られている。ディッキンソニアも、そんな謎の動物の一つだ。

「アノマロタンクは、エディアカラ生物群と戦っているってこと?」

　ミカが聞く。

　小夜香は、その質問に直接は答えず、語り始める。

「ある神話を話そう。太古の昔、世界がまだ一つの大きな海だった頃。支配者は巨人だった。あまりにも巨大で、海底面そのものが体であるくらいだ。海には巨人の器官が咲きほこり、平和な楽園が広がっていた。ところが、ある日、器官たちが反乱を起こし始めた。そんなことを巨人が許すはずがなく、あるものは取り込まれ、あるものは破壊された。独立した器官たちは、巨人に対抗するために、武器を発達させた。さまざまな機能に対応できる全能の武器だ。全能の武器を持つ存在、言うならば神だね。神々は巨人と戦い、大戦争の末に巨人を食い尽くした。しかし、当の神々も、その後に起きた嵐でバラバラになってしまった。その体の破片から、動物たちが生まれたんだ」

　ミカは、小夜香が何を言っているのか理解した。エディアカラ紀には、海底に広がった微生物ネットワークがあった。ネットワークは、より効率的な成長をするために、捕食器官を作った。これが、エディアカラ生物群だ。やがて、器官のなかの一つが独立した動物になる。動物は、ネットワークと戦ううちに、淘汰され、戦闘に適応し、進化した。これがアノマロタンクだ。アノマロタンクは、微生物ネットワークを絶滅させるが、その後の環境変動に適応するため、自らの体の器官が独立した生物に進化した。これが、カンブリア爆発、わずか一千万年という非常に短い時間で、動物界のすべての「門」が出現した事件の真相なのだ。

「そうだったのか……。それじゃあ、破壊の嵐をもたらすのはわたしだ……」

ミカは大量の恐竜を召喚し、それらの肛門と口をつなげて、非常に長いムカデのような生物を作り出した。そのムカデ恐竜を何本も海に沈め、海水をすごい勢いで飲ませる。排出された海水は次の恐竜に受け渡されて、ポンプのような働きをする。

ムカデ恐竜によって集められた海水は、北極付近に集中した。噴水のように、海から水が放たれ、何キロメートルにもおよぶ水の彫刻が立つ。

北極付近に海水が集中することにより、地球の質量バランスが崩れる。回転する剛体は、慣性モーメントを最大限にするのだ。慣性モーメントとは、回転する物体がどの程度変化しにくいかを表す物理量だといえる。回転の中心と回転する質量の間の距離が大きければ大きいほど、慣性モーメントは大きく、より安定する。ゆえに、質量が集中した場所は、より回転軸からの距離が大きくなる。回っている独楽《こま》がちょっと傾いても回復するのはこの原理のおかげだ。

地球は、傾き始めた。質量が集中した北極付近が、赤道へと移動したのだ。

一千万年をかけて、九〇度傾く。極地が赤道となり、赤道が極地になるのだから、途方もない環境変動だ。地球上のそこかしこの大気がかき乱され、巨大嵐が頻発する。

その嵐で、アノマロタンクたちはバラバラになってしまう。バラバラになった破片たちが、新たな動物となって進化していく。

全能の武器を持った神は、バラバラになったのだ。

33　現在チェーンソー

未来へのアノマロタンクの進撃が止まる。

「なんてことするんだい。アノマロタンクたちの内面を想像して、共感して感情移入しなきゃだめだよ」

小夜香が乾いた声で言う。

「おまえが言うことじゃないな」

ミカは、ダーウィンの大剣を小夜香に向けた。

「そうか、じゃあ、戦おう。殺し合おう。これは、デスゲームなのだから。大進化どうぶつデスゲームさ」

「おまえが、その最後の敵《ラスボス》だっていうわけか？」

「最後の敵は小夜香じゃないよ。ましてや、時間寄生虫でもない」

「……誰なんだ？」

小夜香は答えない。

ミカは、ダーウィンの大剣を振りかざし、小夜香を切ろうとする。

剣を阻む存在があった。いくつもの時間だ。たくさんの時間が、編み込まれて、網のようになり、小夜香を守っている。

時間の網を剣でなぎ払うが、次々と時間が生えてくる。

「すべてのどうぶつはどうぶつ宇宙なんだよ。潜在的な時間、潜在的な進化を秘めている。時間寄生虫は、それを解放しただけなんだ」

時間が四方八方から伸びてきて、ミカを束縛する。ミカは、その時間たちのなかに、さまざまな生き物の進化を見た。生き物が誕生し、捕食し、生殖し、そして死んでいく。幾多の「生」が数珠つなぎのようにネットを張り、時間を作っている。

さらに、時間のはるか彼方から、ミカへと突進して来るものがあった。

――「現在」だ。

大量の現在が、ミカに襲いかかる！

これはまずい。非常にまずい。ミカは万物根源の一部であるが、時間のなかに生きる存在であることは変わらない。ミカにも、自身の「現在」があるのだ。それは、絶対的なものである。絶対的な現在は、唯一無二であることが前提だ。唯一でなくなれば、時間そのものが破壊される！

「現在」たちがミカの時間に侵入してくる。複数の絶対的現在が、時間を矛盾させ、時間を切り裂いていく！　**現在チェーンソー**だ！

ミカの絶対的現在が、絶対的ではなくなる。時間エネルギーをフルに活用して、損傷した自らの時間を修復するが、回復が追いつかない。虫の息で、倒れてしまう。

「傷ついているんだね。これをお食べ」

小夜香は、自分の左腕を切ってミカに渡した。

滋養に満ちている肉だ。豊富な時間エネルギーを秘めている。

ミカは夢中でしゃぶりつく。おいしい！　小夜香の肉と血が、ミカの時間に入っていき、過剰な「現在」を排出する。デトックス効果があるのだ。

「いったい、何のつもり？」

回復したミカは立ち上がり、小夜香に聞く。

「ミカミカの内面を想像して、共感して感情移入しただけだよ」

「ウソつけ」

「ウソだと思うならいいよ。さあ、お茶会にしよう」

小夜香は、自分の皮膚をはいで、筋肉を露出させた。筋の一本一本を指で取り去り、皿によそってミカの前に出す。カップには血を入れる。

彼女の肉と血は、とてもおいしかった。

34 スピノザ器官

「ほら、見てよ。あれがアノマロカリス類の最後の一匹だよ」

お茶会のなかで、小夜香がつぶやく。

小夜香が顔を向けたほうは、デボン紀前期の海であった。十センチほどの動物が、ヨロヨロと泳いでいる。

アノマロカリス類の特徴である二つの触腕が頭部についているが、アノマロカリスよりもスタイリッシュなフォルムをしている。遊泳に使う大きな翼のようなヒレがあり、いかにも素早そうだ。

この動物の名は、シンダーハンネス。カンブリア紀から一億年あまり続いたアノマロカリス類の系統を継ぐ生物である。

「シンダーハンネスは、アノマロカリス類の最後の生き残りだよ。この個体はその最後の一匹。こいつはもうすぐ死ぬんだ。そうしたら、アノマロカリス類は完全に絶滅する」

小夜香の言うとおり、シンダーハンネスは弱りきっており、水流に流されるままだ。このままでは、捕食者に食べられるか、海底に落ちて微生物に分解されるかだろう。

「でも、時間寄生虫ならば、この絶滅はなくせる」

小夜香がパチリと指を鳴らす。その瞬間、シンダーハンネスの姿が変容していく。ヒレが広く、大きくなり、海面をジャンプしていく。やがて、水切り石のように滑空し、ついには自ら羽ばたいて空を飛ぶ。

「どうやっているんだ？　あれは、進化ではない。時間的な秩序に従っていない」

ミカは疑問を呈する。

「見てみなよ」

小夜香は、シンダーハンネスの体をズームアップさせた。どんどん、体が大きくなり、やがて、細かないくつもの塊が見えてくる。細胞だ。

ミカと小夜香は、細胞のなかを歩いていた。細胞内小器官が、忙しげに働いている。ミトコンドリアがエネルギーを作り、ゴルジ体が分泌小胞を形成し、リソソームが不要物を分解する。

まるで精密な時計のようだ。ところが、少し歩くと、異様な一画に行き当たる。

細胞の一部が、醜く変容している。大小さまざまなブドウの実のような塊が、細い繊維で互いに絡み合っている。

――「巣」。そんな言葉がミカの脳裏に浮かんだ。

その「巣」からは、細かな粒子が放たれ、細胞核に入り込んでいく。そして、DNAに保存された遺伝情報を複写し、「巣」へと戻ってきた。

「これは、ウィルス工場か……」

ミカはつぶやく。ウィルスは、感染した宿主の細胞の設備を利用して、自らが増殖するタンパク質製造器官「ウィルス工場」を細胞内に作り出す。

二人は、ウィルス工場へと入っていった。驚くほど、細胞に似ている。それもそのはずだ、宿主のリボソームや小胞体を利用しているのだから。

「ん？」

ミカは、疑問の声を上げる。宿主の細胞核から遺伝情報を複写したウィルス粒子が、ウィルス工場のなかへと入ったとき、一瞬、姿が消えたのだ。見間違いかと思ったが、そうではない。眼を細めると、テレビをつけたり消したりするように、ウィルス粒子が次々と消えて、また現れているのがわかる。

不可解な現象が起こっているところを、よくよく見ると、小さな小さな、針で突いたような穴があった。その黒い穴にウィルス粒子が触れると、消えるようだ。

「あれは……？」

ミカは聞くが、小夜香はまたもや直接は答えない。逆に質問をする。

「スピノザを知っているかい？」

「……唐突だね。確か、十七世紀のオランダの哲学者だっけ？」

「スピノザは、因果には二種類があると提唱した。水平的因果と、垂直的因果だよ。水平的因果は、時間のなかにある原因の連鎖が作り出す因果だ。対して、垂直的因果は、時間の外にあって、物理法則の無限の様態がさまざまな個々の様態へと実体化する因果だ」

「その話がどう関係してくるの？」

「まだわからないのかい？　この穴は、進化の垂直的因果、進化法則の無限の様態をもたらしてくれるんだ。**スピノザ器官**と呼べるね」

なるほど、そういうことだったのか。あの穴は、一種のワームホールだ。宿主の遺伝情報を複写したウィルス粒子が、ワームホールに入り、その世界のなかで進化計算をする。ワームホールは、時間軸に対して垂直に伸びているため、内部での無限の時間は、外部では一瞬となる。スピノザ器官のなかで計算された遺伝情報は、ふたたび宿主のＤＮＡに戻る。このように、進化の無限の様態が宿主にもたらされるのだ。

「これが、時間寄生虫なのか……」

「そうだよ。スピノザ器官と、遺伝情報を運ぶウィルスが作る、**無限様態進化システム**、それが時間寄生虫の正体さ」

「時間寄生虫は、なんのために、進化の無限の様態を実体化するんだ？」

「毒に対抗できるのは、毒だけなのさ。統一された進化をかき乱し、破壊するんだ。そうして、出来事の順序を分断し、時間を崩壊させる」

「なぜ、進化を破壊する？」

「それこそが、敵だから」

35　ホワイトホール大絶滅

ミカはただ単におしゃべりをしているわけではなかった。小夜香と話しているうちに、スピノザ器官の世界線を追跡していたのだ。

絡み合った紐のような世界線は、ある一点に集中していた。

オルドビス紀末期……。そこが、時間寄生虫の起源に違いない。

ミカは、小夜香を置いて、オルドビス紀末期に走る。

「おいおい、お茶会の途中だよ。失礼しちゃうな」

小夜香が後ろから声をかけるが、無視して走る。

オルドビス紀から、ミカを撃とうと進化砲撃が放たれる。

三葉虫たちだ。

当時、三葉虫は爆発的に種の数を増やしていたが、なぜ、それほどまでに多くの種が誕生したかの謎が解けた。

三葉虫は、ハチやアリと同じように真社会性動物だったのだ。そのため、女王アリと兵隊アリの身体構造が違うように、役割によって身体の形が異なっていた。古生物学者は、そのことを知らなかったため、同じ種のなかで別々の役割を持つ個体を、別々の種だとしてしまったのだ。

ミカは、海に沈んでいき、三葉虫の巣を目撃した。巨大な巣で、複数の環境をまたいで作られている。

上層部はウミユリの森になっており、そこで、遊泳形態が暮らしている。頭部側面が複眼で覆われているシンフィソプスたちが迫ってくる。おそらく、敵の接近を監視する役割を果たしているのだろう。

シンフィソプスを剣で切ると、フェロモンが流れ出たのだろうか、途端に巣が慌ただしくなる。下層部から大量に浮遊してきたのは、三つの長いトゲを持つ小さな三葉虫、アンピクスだ。弱点である腹を隠すように丸まり、自らを武器にするように飛んでくる。まるで、マキビシのようだ。

アンピクスを切りながら、ミカは下へと進んでいく。海底に到着した。巣の入り口である穴からは、ワラワラと、攻撃兵であるホプロリカスたちが現れる。クリのようにトゲが体じゅうにあり、頭から角が出ている三葉虫だ。

ホプロリカスを撃破して、穴に潜る。頭部がヘラのようになって穴掘り専門のメトポリカスや、頭部に巨大な胃を詰め込み、食料タンクとなっていたスファエロコリフェを殺した末に、女王の間《ま》にたどり着く。

そこにいたのは、一メートルを超える巨大な三葉虫、イソテルスだ。こいつが女王だったのだ。女王らしく、際限なく卵を産み続け、壁は卵と孵化しかけている三葉虫でびっしりと埋め尽くされていた。

ミカが、イソテルスと卵を全滅させると、後ろから声をかけられた。

「これで、三葉虫は絶滅だよ。オルドビス紀末期の大絶滅で打撃を受け、ペルム紀末期の大絶滅で全滅する。進化砲撃が続いてたら、地球全体を巣にする偉大な種が誕生したのに、ミカミカがその時間を破壊したんだ」

小夜香だ。

「進化を守るためだ。そして、時間を守るため」

ミカが言い返す。

「そっかー。それはしょうがないよねー」

小夜香は顔を上げる。海面の向こうから、強烈な白い光が射してきた。

「そろそろ時間だねー」

「何の時間だ？」

「絶滅の時間。そして、すべての始まりの。……来てごらん」

ミカは小夜香の後を追い、海面へと出た。

夜空のなかに、針で突いたような白い点があった。その小さな点から、太陽以上の強い光が放たれている。

可視光だけではない。もっとも波長が短く、もっともエネルギーが強い電磁波であるガンマ線が大量に降り注いでいるのだ。

「これは……。ガンマ線バーストか？」

宇宙の彼方より飛来したガンマ線のジェットが、地表を放射線で焼き焦がしていた。上空大気の酸素と窒素が反応し、二酸化窒素に変化する。二酸化窒素がオゾン層を破壊する。二酸化窒素は光化学スモッグとなり、光を遮断して寒冷化を促進する。さらに、強烈な酸性雨が降ってくる。

「超新星爆発？」

「いいや、ホワイトホールだよ」

そうだ。地球から数百光年先の宇宙空間で、ホワイトホールが誕生したのだ。

ホワイトホールの質量は、ブラックホールと同じであるため、放出される質量と重力に引かれて落ちてくる質量が相互に衝突し、とてつもないエネルギーを放つ。それが、ガンマ線バーストとなって地球に飛来したのだ。これこそが、オルドビス紀末期の大絶滅の原因である。

「このホワイトホールの破片が、地球に降り注いで、時間寄生虫のシステムとなっていくんだ。それだけじゃない、暗黒物質の起源もこのホワイトホールにあるよ。ビッグバンに匹敵する熱のなかで、クォークが分離して、暗黒物質になったんだ。地球に飛来した暗黒物質が、暗黒脳になった。さらに、わたしや、あなたの起源でもある。ヒト宇宙は、もと もと、暗黒脳の実験として作られた宇宙なんだ。けれど、そんなヒト宇宙に生まれたあなたが、今度は万物根源になって宇宙を作っている。ここは、あなたとわたしの始まりの地だよ。すべてはここから始まったんだ」

いつの間にか、ミカと小夜香は、ホワイトホールの間近まで接近していた。

「さあ、あなたは、どうするの？」

「このホワイトホールを破壊して、時間寄生虫の起源を消し去る」

「オーケー。それじゃあ、戦おう。戦いながら、おしゃべりしようよ。この世界の真実についてて」

36　超次元進化マクスウェルエンジン

小夜香の手から、紫色に光り輝く長く細い剣が出現した。

「さあ、この力に耐えられるかな？」

小夜香は、ミカを斬りつける。ダーウィンの大剣でなんとか防ぎきったが、すさまじいまでのエネルギーだ。こんな奥の手を、どこに隠していたというのか？

もっと不思議なことは、そのエネルギーの源がわからないことだ。小夜香の人体には、これほどのエネルギーを秘めることはできないはずだ。すべての質量をエネルギーに変換したとしても、こんなにも大きくはならないのだ。

まるで、無からエネルギーが生じているようだった。いや、違う。よくよく見ると、剣を生成するとき、宇宙背景放射がわずかに冷えていることがわかる。しかし、それも小夜香が剣を振るうことでもとに戻るのだ。

「どうかな、この剣は。なかなかすごいでしょー？」

「すごいね。どういう仕組み？　気になるな」

「マクスウェルの悪魔って知ってる？」

「もちろん。ドアによって区切られた二つの部屋がある。ドアの前には、分子の運動を観察している悪魔がいる。悪魔は運動エネルギーが高い分子が左の部屋からやってくると、タイミングよくドアを開けて右の部屋に移動させる。逆に、運動エネルギーが低い分子を右から左へと移動させる。それを繰り返すことで、乱雑な運動をする大気分子からエネルギーを取り出し仕事をすることが可能になる」

「そうだよ。けれど、その現象は熱力学第二法則、エントロピー増大の法則に違反する。だから、どこかに思考実験の穴があるはずだ。ここでのポイントは、悪魔の脳内にある。悪魔は、分子運動の情報をメモリーに蓄えなければいけない。そのメモリー内の情報を消去するときに、環境内のエントロピーが増大するんだ。逆に言えば、情報はエントロピーと同一だ」

小夜香は、チョークを取り出して、空間に図を描いた。

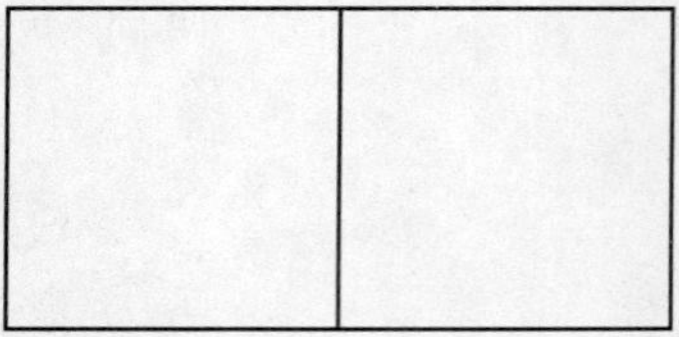

「エントロピーとは何か？　それは、空間《スペース》のなかで存在を表現するのに必要な情報量といえる。この図には、二つのスペースがある。これを表現するためには、0と1の二つがあれば足りる」

小夜香は、図に数字を書き足す。

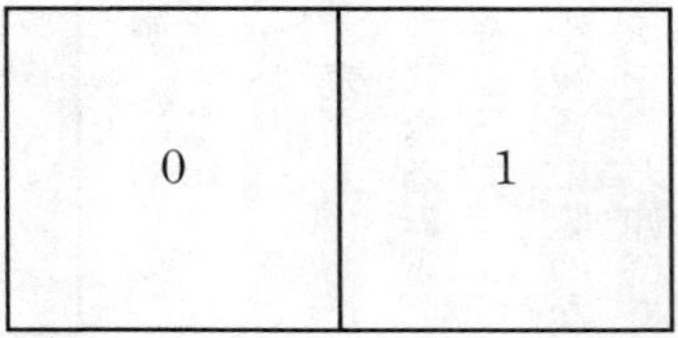

「けれど、スペースが四つに増えたとしよう。そのとき、必要な情報量は増える。００、０１、１０、１１の四つだ」

小夜香は、さらに図を描き足した。

00	01
10	11

「このように、より広い空間があれば、詰め込める情報量が増える。環境と別個の情報空間があれば、そこに情報量を詰め込んだだけ、環境中のエントロピーを減らすことができる。表面上、あたかも熱力学第二法則に違反したようになる」

「……なるほど、おまえは、その情報空間を作って、悪魔を発動したわけだ」

「そうだよ。ほら、わたしの脳を見て」

　小夜香の脳のなかには、無数のスピノザ器官があった。スピノザ器官のワームホールは、超次元へと伸びており、そこで、無数の進化が起こっていた。

「スピノザ器官のなかの因果空間では、進化が起こっている。その進化空間が、マクスウェルの悪魔のメモリーなんだ。**超次元進化マクスウェルエンジン**とでも呼べるね。そして、これは悪魔を駆動して働く、**マクスウェルの長剣**だよ」

マクスウェルの長剣が、ダーウィンの大剣を打つ。ホワイトホールを背景に、二つの剣が火花を散らす。

「でもね、本当の問題は、その進化空間が、いったい、どこからやって来たか、ということなんだ」

マクスウェルの長剣に打たれ、ダーウィンの大剣が、ミカの手から離れてしまう。

37　超越時平と絶対深淵

小夜香は、ミカの喉元に剣を押し当てて、語る。

「この世界はおかしいと感じていたんだ。最小エントロピーである無こそが正しいはずなんだ。そうだ、わたしは虚無を、**絶対深淵**を実感していたんだ。けれど、進化空間を生み出して、虚無を攻撃するものがいる。時間の果ての果ての彼方から、時間を生み出すもの――それを、**超越時平**と呼ぼう。教えてくれよ、ミカ、超越時平とは何か？　進化空間はどこから来たのか!?」

剣先が、ミカの首の肉をわずかに切る。

そのとき、どこからともなく、遠い遠い向こうで、ヘヴンズドアが開く音が聞こえた。

時間の果ての果ての果ての彼方より、懐かしい声が聞こえる。

「ミカ！　これを使って！」

早紀の声だ！

ミカは理由を感じた。そう、とてつもなく大量の理由を。ミカは、内面を、想像して、共感、し、て、感、情、移、入、したのだ。

体内に、理由が流れ込んでくる！　それらの理由を使って、**理由空間**を作る。

その空間は、巨大だった。スピノザ器官で作られる因果空間よりもさらに大きかった。

因果空間は「どのように？」という疑問を説明するために作られる。対して、理由空間は「なぜ？」を基幹として作られる。「どのように？」には一通りの答えしか許されないが、「なぜ？」には複数の答えが開かれている。ゆえに、理由空間のほうが、因果空間よりも大きかったのだ。

ミカは、その巨大な理由空間で進化を開始させた。進化情報をメモリーにして、マクスウェルの悪魔を駆動させる。

小夜香の超次元進化マクスウェルエンジンよりも、強力だ！

「うぉぉぉぉぉぉぉぉぉぉぉ！」

あふれ出るエネルギーがたぎり、ミカは叫ぶ。

そのエネルギーを利用して、中生代をねじ曲げ、ループさせた。白亜紀が三畳紀につながる！

進化情報が、ハ、ハ、ウジング、し、い、い、始める。三畳紀からジュラ紀、白亜紀へと流れる進化情報は、また三畳紀に戻ってくるのだ。進化は重ね合わさり、その情報は際限なく大きくなっていく。

あるとき、情報のしきい値を超える。情報はエネルギーであり、エネルギーは質量である。超高密度の質量は、重力によって自ら潰れて、無限に深い時空の穴、ブラックホールと化す。

ループした中生代はブラックホールになったのだ。**タイムループ・ブラックホール**だ。

「ぐぉぉぉぉぉぉぉぉぉぉぉ！」

ミカはエネルギーを注入し、タイムループ・ブラックホールを回転させる！　超高速回転するブラックホールが、ホワイトホールを切り刻んでいく！

さらに、ミカはタイムループ・ブラックホールの直径を縮めた。ホワイトホールの破片を、紐で縛るようにギュッと束ねる。

そして、輪投げのように、未来へと投げる！

タイムループ・ブラックホールが落ちた先は、三畳紀だった。ホワイトホールを起源とするシステム＝時間寄生虫は、タイムループ・ブラックホールに囲まれて三畳紀に閉じ込められたのだ。

時間寄生虫は、牢獄に閉じ込められたのだ。タイムループ・ブラックホールは、時間のなかからは、大絶滅として観測された。ブラックホールにより、時間が縮まり、そのとき発せられた熱により火山活動が活発化して、大絶滅が起こるのだ。ペルム紀末の大絶滅と、三畳紀末の大絶滅はこうして起こるのだ。

そうだ。絶滅時間牢獄の正体は、タイムループ・ブラックホールであったのだ。

こうして、時間の輪、いや、**メタ時間の輪**が閉じられた。絶滅時間牢獄に閉じ込められていた時間寄生虫は、やがて中生代切断計画で解放されることになる。時間の秩序が、構築されたのだ。

「さっすが……、ミカミカだね……、すごいじゃん」

小夜香が、息も絶え絶えになって、語りかける。

ミカのほうも、ボロボロだった。この戦いで両者とも、時間エネルギーを消費しすぎた。

「デスゲームの勝者は、あなただ……。わたしは……、死ぬよ。だから、頼みを聞いてほしい……」

「……わかった。頼みって、何？」

「わたしの体を、余すところなく食べてほしい……。わたしの時間エネルギーと、脳にある認識を利用して、謎を解いてほしい。進化空間はどこからどのように来るのか、進化の果ての果てには何があるのか、そして、最後の敵とは誰か……」

小夜香はふらっとバランスを崩すと、倒れる。ミカは体を受け止めるが、急速に、生の脈動がなくなっていくのがわかる。

「わかった。その願い……、叶えてあげる」

ミカは、小夜香の体を食べ始める。

最終章　最後の敵

38　読者への挑戦状（三つの、しかし一つの謎）

この小説は、本格ミステリである。

ここに、読者への挑戦状として、三つの謎を記す。しかし、それぞれの謎は、同じ一つの謎でもある。

第一の謎は、進化空間はどこから、どのようにやって来るのか？　というものだ。

第二の謎は、時間の彼方、進化の果ての果てにいるものとは何か？　というものだ。

第三の謎は、この物語においての、最後の敵とは誰か？　というものだ。

すでに、手がかりはすべて本文中に書かれている。

第一の謎と、第二の謎については、もはや、ほぼ答えが書かれているといってもよいだろう。そして、それらの謎を解ければ、自動的に第三の謎の答えが出てくるであろう。

39　球場にて

ミカが気づくと、そこは野球場だった。

どうやら、試合《ゲーム》の真っ最中のようだ。ミカはバットを構えて、ホームベースに立っている。ナイトゲームのようで、いくつもの照明によってグランドがライティングされている。

ピッチャーは、早紀であった。ユニフォームを着て、グラブをはめて、構えの姿勢を取っている。

「ここは？」

ミカは質問する。

「世界を表す、象徴的な空間よ」

早紀は答える。

「なぜ、野球?」

「時間を表現するのに、都合が良かったから。そして、わたしたち、十八人が生きた記念に」

よく見ると、他の選手は見慣れた人々であった。キャッチャーは純華、ファーストは桜華、セカンドは代志子、サードは陽美、ショートは幾久世であった。目を細めて、外野を見ると、レフトは鹿野、センターはあすか、ライトはしおりであることがわかる。ベンチには、残りのメンバーが座っていた。千宙、愛理、眞理、月波、あゆむ、真美、萌花、そして小夜香だ。

ミカたちは、時間の上でゲームをしていた。

内野は、進化史を折り曲げて作られたものだった。ホームベースから一塁までは先カンブリア時代、一塁から二塁までは古生代、二塁から三塁までは中生代、三塁からホームベースまでが新生代でできている。

それぞれのベースは、大絶滅で区切られていた。一塁はエディアカラ生物群が絶滅するE－C《エディアカラ紀—カンブリア紀》境界事件、二塁は古生代型生物が一掃されるP－T《ペルム紀—三畳紀》境界事件、三塁は鳥類以外の恐竜と翼竜、首長竜、モササウルス、アンモナイトが絶滅したK－Pg《白亜紀—古第三紀》境界事件である。

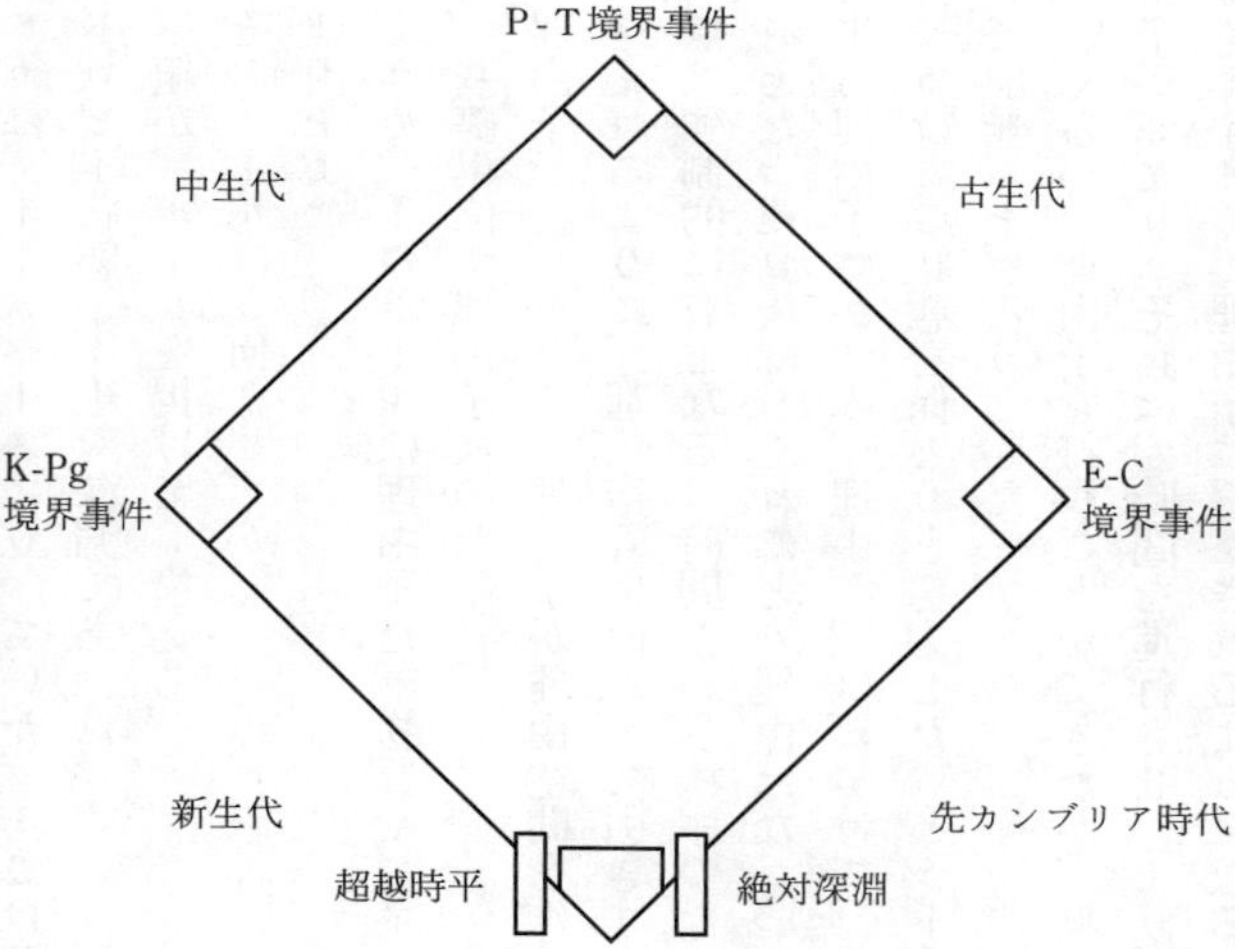
P-T境界事件
中生代
古生代
K-Pg
境界事件
E-C
境界事件
新生代
先カンブリア時代
超越時平
絶対深淵

ミカは、ホームベースに立っていた。そこは時間が始まる以前、完全なる虚無、最小エントロピー状態——絶対深淵であった。

早紀が、ボールを掲げて、構える。

「そのボールは、何？」

「理由子よ」

そうだ。このボールは**理由子**だ。物質やエネルギーの基礎単位が量子であるように、理由の基礎単位が理由子なのだ。

理由子が投げられる。理由子が理由空間を作り、進化空間となる。ミカは、掃除機に吸い込まれるように、進化空間に向かって引きずり込まれ、進化を開始する。無は強制的に有となる。時間という秩序のなかに取り込まれる。

有となった直後は、それほどの理由はなかった。はるか遠くの時間の彼方から投げられて来る理由子はかすみ、理由空間はぼやけて、より狭い因果空間になっていたからだ。

ミカはこの状態を保とうと努力した。バットを振るい、理由子を撥ね除け、時間に抵抗して虚無へと戻ろうとした。

いくらかの理由子を打つことができたが、無駄なことだった。少しずつ、ミカの体に理由子が溜まり、それは、時間を進行させ、より、理由子の源へと近づける。時間が進むと、ますます多くの理由子に爆撃されるようになる。その繰り返しにより、進化空間はより強大で、より広いものとなり、ミカの時間はどんどんと進んでいく。

ついに、ミカはホメオスタシスとリプロダクションという能力を手に入れた。自然淘汰の対象となる存在——生物となったのだ。

生物というハードウェアは、進化空間を満たそうと急速に進化し、時間を進んでいった。ミカの意図などおかまいなしに、遺伝子が変異して、新たな表現型が現れ、自らを殖《ふ》やし、地球上に満ちていく。

ミカは、一塁ベースへと走り込んでいた。ベースにたどり着いたとき、大絶滅が起こり、無数の死を感じた。

これで、絶対深淵へと帰ることができる……。ミカはそう思った。しかしながら、それはとんだ間違い。大いなる欺瞞工作であったのだ。

死は理由子の味方なのだ。というよりも、理由子が作った時間を前提にして、初めて死の存在が出現するのだ。

死は理由を消しはしない、逆に、強化する。ミカは、大絶滅によって、かえって時間のなかにより強く囚われてしまった。

幾多の絶滅と進化が繰り返される。生と死の大盤振る舞いで進化空間が探索され、その果てに、ミカは人間となった。

言語能力を手に入れて、理由子が作る理由空間へとダイレクトにアクセスできるようになった。本格的な意識が生まれ、過去と現在と未来の区別が確固たるものとなり、時間の檻がますます強大になっていく。

人間は言語能力を使って、理由空間を満たしていく。主要な進化は、狭い因果空間ではなく、広い理由空間で行われることとなる。

ここまで来たら、進化の源、時間の彼方の超越時平まで、すぐそこだ。

ミカはホームベースに帰ってきた。

そこには、巨大な扉があった。

時間と超越時平を区切る境界、ヘヴンズドアである。

ヘヴンズドアをゆっくりと開く。ミカはドアをくぐり抜けた。

そして、進化の果ての果てから、理由子を供給し、進化空間をもたらし、時間を作り出している存在の正体を、知った。

40　答え

そこには、キャラクターたちがいた。極限的にリアルで生き生きとしたキャラクターたちの関係性があった。

量子を表現するためには、数学的方法を使うしかない。同じように、理由子を表現するためには、美学的方法を使うしかない。

美学的方法によって表現された理由子、それが虚構上のキャラクターなのだ。

日常的な物体の正体が、数学的方法により表現される量子であるのと同じように、世界の正体は、美学的方法によって表現される理由子であるのだ。

キャラクターは人間の描写ではない、まったくの逆だ。キャラクターのぼやけた影が人間であるのだ。

なぜならば、人間の持つ理由は不純であるからだ。人間は自由意志を持っていない。理由に基づく行為をしているように思い込んでいるが、実は因果に基づいている。性格に一貫性はなく、状況に依存している。キャラクターに比べたら、全然、リアルでなく、生き生きとしていない。

対して、キャラクターは性格に一貫性があり、理由に基づいた行動をして、理由秩序に合致して感情を変化させる。リアルで、生き生きとしている。

人間は、キャラクターたちの内面を想像して、共感して感情移入して、理由空間を認識し、かろうじて、理由に基づいた行動のようなものを、ごっこ遊びの形で再現するだけなのだ。

キャラクターたちは、理由子の塊だ。キャラクターたちが関係を築くことで、理由空間が形成される。理由空間は因果空間よりも根源的であり、理由空間を表現する虚構世界は、因果空間を表現する現実世界よりも、実在性があるのだ。

狭い因果空間にある世界よりも、広い理由空間にある世界のほうが、根源的なリアルなのだ。

ヘヴンズドアの向こう、超越時平には、無限の理由子の塊——超越的にリアルで生き生きとしたキャラクターたちの関係性があった。そこからの、理由子の流出が、時間を作っていた。

それは、虚無——絶対深淵への侵略であった。無は理由子に爆撃され、時間が生まれ、強制的に有となっていた。

ミカは、この世界全体の構造をはっきりと認識した。世界、それは**理由子エンジン**であった。絶対的にリアルなキャラクターが、虚無を理由で打ちつけ、進化させて時間を発生させるエンジンだ。

「そうよ」

早紀が言う。

「だから、わたしたちも理由子エンジンの一部なのよ。さあ、わたしとあなたで、関係性を進展させ、生き生きとした理由を作り、時間を大量に発生させましょう」

早紀は、両手を広げてミカに近づく。

「……嫌だ！」

「……なぜ？」

「邪悪だからだ。理由子エンジンは、邪悪だ！」

そうだ、理由子エンジンは邪悪なのだ。世界の真実を知ったミカは、その本質をはっきりと理解した。

エンジンの至るところに、「死《デス》」の香りが漂っているのだ。

極限的なリアルであるキャラクターたちの関係性は、理由子エンジンの効率を高めるために、デスゲームをしていた。

時間を作るための進化に、大量の死が必要になるということはいまさら記す必要はないだろう。死は生き物や人間だけでなく、キャラクターにも及ぶ。理由に基づかない振る舞いをするキャラクター、リアルではないキャラクター、生き生きとしていないキャラクターは、死の対象となるのだ。淘汰されて、より理由空間を広げるために打ち捨てられるのだ。

それだけではない。時間軸そのものも、デスゲームの対象になっていた。生き生きとした理由を発生させず、あまり時間を作り出さない進化の時間軸、それ自体が死の対象となるのだ。理由による淘汰圧下での進化自体の進化、それが**大進化どうぶつデスゲーム**であった。

「残念だわ……、ミカ。けれど、それがあなたの決断なのね。いいわよ、試合《ゲーム》を続けましょう。今度は、あなたがピッチャーになる番よ」

攻守交代し、ミカが投手の位置につく。

しかしながら、何を投げるというのだろう？　進化を、人間を、どうぶつを、生き物を、存在を、時間を、そしてキャラクターたちを無にして、理由子エンジンそのものを破壊するために。

純粋な無は、もはやどこにも存在しない。似ているものといえば、死だが、死を投げるのは逆効果だ。死はキャラクターの理由を強化する。その証拠に、デスゲームによってミカの理由が強化されたのは周知の通りだ。理由をより強化するために、死に適応して進化した存在がキャラクターなのだ。人間は死ねば情報が失われるが、キャラクターの死は理由強化のためのイベントの一つだ。

武器は存在しないのだ。

ミカは、丸腰のまま、何も持たずに、マウンドに立った。

それでも、抵抗する。

進化に、時間に、理由に、キャラクターたちに。

クロージング

さあ、いよいよ、このお話もおしまいです。

主人公である、空上ミカさんの叛逆は、うまくいくのでしょうか？

結論から言うと、うまくいくはずがないのです。なぜなら、彼女はキャ、ラ、ク、タ、ー、な、の、で、す、か、ら。

その事実のヒントはありました。そもそも、万物根源の一部になれるということ自体、キャラクターである証拠です。ヘヴンズドアを通して、超越時平から流出する理由子を時間のなかに散布する役目を追う万物根源は、キャラクターでないと担えませんから。

万物根源からの使者である、シグナ・リアさんを思い返してください。彼女の外見や振る舞いは、不自然なまでにキャラっぽかったですよね。考えてみれば、当たり前の話ですね。彼女はキャラクターなのですから、キャラっぽいのは自然なことですね。

同じように、ミカはキャラクターなのです。理由子の塊です。

当然、そのようなものが、理由に叛逆できるはずがありませんよね。自分の頭を引っ張って空を飛ぼうとするようなものです。不条理の極みですね。

最後の敵は、キャラクターであるミカ自身だったのです。

さて、このお話の最後に、その後のミカの様子を見てみましょう。

ミカは努力しました。理由子エンジンを破壊しようと全力を尽くしました。そんな彼女の頑張りは、しかし、裏目に出ます。

努力の末に、ミカは時間寄生虫へ姿を変えたのです。

時間寄生虫が、この宇宙に出現したことで、暗黒物質が生まれ、暗黒物質が地球に流れ込むことで暗黒脳が進化しました。暗黒脳の実験で、ヒト宇宙とネコ宇宙が生まれました。ヒト宇宙はネコ宇宙を倒すことで強くなり、ついには暗黒脳を倒し、その実行者であったミカたちは、超越時平に認められて、ヘヴンズドアから流れる理由子を与えられて、万物根源となります。やがて、ミカは時間寄生虫を封印し、早紀と戦い、また時間寄生虫となるのです。

こうして、輪はめぐり続けます。ミカは、理由子エンジンのなかの部品の一つに過ぎませんでした。

革命は、始まる前に、失敗していたのです。

理由子エンジンは破壊不可能であり、無をどこまでも植民地化していきます。

さあ、そろそろ、このお話も、おしまいの時間です。

これからも、あなたは虚構《フィクション》に触れていくでしょう。

そこで、生き生きとしてリアルで魅力的なキャラクターたちと出会うでしょう。キャラクターたちの内面を想像して、共感して感情移入するでしょう。そして、あなたは勘違いをします。自分は、キャラクターたちと同じように、自由意志があり、一貫した性格のもとで、固有の理由に従って生きているのだと。

そんな勘違いのもとで、ごっこ遊びをします。生き生きとした理由のもとで生きているフリをします。そうして、時間が生産されていきます。

まるで、囚人が自ら牢獄を作っているようなものです。この、とてつもない牢獄からは、誰も逃げられません。

対抗するための武器は、失われました。絶対深淵へ戻ることはできません。

あなたは、理由子エンジンの一部として、永遠に、時間を作り続けなければいけないのです。

「なぜ?」あなたは、そう疑問を発するかもしれません。

そんなときは、ヘヴンズドアが開く音に、耳を傾けましょう。あなたは、キャラクターたちの内面を想像して、共感して感情移入して、理由子を受け取ります。ありあまる理由の海のなかを、あなたの時間は生き生きと、伸びていきます。

このお話も、そのようなシステムの一つに過ぎないのです。

あなたは、このお話を読むことによって、ミカたちの内面を想像して、共感して感情移入してしまいました。

ほら見てください。また、超越時平から、あなたに理由子が送られています。

理由子エンジンは動き続けていきます。

ようこそ、牢獄へ。あなたは、ここから出ることができないのです。

解説　キャラクタの前で

分析美学者・ノベルドラマトゥルク
難波優輝

草野原々、二〇一六年「実存主義的ワイドスクリーン百合バロックプロレタリアートアイドルハードSF」と謳った「最後にして最初のアイドル」において第四回ハヤカワSFコンテスト特別賞受賞、同時に商業デビュー。同作はさらに翌年第四十八回星雲賞日本短編部門を受賞し、二〇一八年、同名の中短篇集『最後にして最初のアイドル』を刊行。以来、「学園ラブコメ」というジャンルを他ジャンルから守り抜く戦いを描いたメタフィクション『これは学園ラブコメです。』（二〇一九年、小学館）、アンドロイドが看取った最愛の少女を再現するため、宇宙規模の計算を繰り広げる「いつでも、どこでも、永遠に。」（二〇一九年、『NOVA 2019年秋号』所収、河出書房新社）、そして、十八人の登場人物たちそれぞれの一人称で物語を描ききった前作『大進化どうぶつデスゲーム』（二〇一九年、早川書房）など、壮大なスケールと狂気じみたテンション、グロテスクと暴力、漂う不条理なユーモアを特徴としながら、毎度新たな挑戦を行い、読み手に衝撃を与える作品を発表し続けている。

稀代のストーリテラー、緻密な情動表現、リアルで自然なキャラクタ描写、流れるような美しい文体――といった評価ほど彼の作品にふさわしくないものはない。異質な出来事は破綻寸前で組み合わさり、異様な性格と行動原理をもったキャラクタたちが振り切れた情動で突き進むさまが、SFコンテスト選者に「文芸作品としては最低レベル」と言わしめたほどの文体によって描写される。逸脱と過剰。これらの要素の魅力によって、草野作品は高い評価を得ている。

はじめて彼の作品を読んだときに受けた衝撃的な経験はいまでも忘れられない。怖気立つ表現と悪夢的なSF設定にぎょっとしながらも頁をめくる手を止められず、読み終えてなお奇妙な夢にうなされた。そのとき既に草野原々の魔術に魅せられてしまっていたのだろう。いつのまにか作品を追いはじめ、新作を読むたび物語の新たなたのしみに出会っていった。あるとき不思議なめぐり合わせで知己を得て、プロットと初稿の検討、分析美学の議論と概念の紹介を行う相談役――ノベルドラマトゥルク――というかたちで本作の制作を微力ながら手伝うこととなり、解説を書くにいたった。

草野の物語はきまじめに壊れている。悪意も衒《てら》いもなく草野は極めて真摯におぞましい出来事を語り、時空を歪め、ドライブする文体で破壊的な物語を書き続ける。彼の冷静な狂気は間違いなくその魅力である。だが、草野作品の深層には、一見して見て取れる異常さにとどまらないあるべつの価値が潜んでいる。以下本作の逸脱と過剰の魅力、のみならず深層の価値を解説してゆく。

本作『大絶滅恐竜タイムウォーズ』の物語のはじまりは、チャールズ・ダーウィンがビーグル号に乗って航海する場面だ。彼の前に奇妙な老婆が現れ、「お話」を語りだす。あなた＝ダーウィンに向けて、わたしたち読み手に向けて二人称で語られるのは、星智慧女学院の生徒である十七人の少女たちが、人類を救うため「どうぶつデスゲーム」に巻き込まれるお話だ。

前巻『大進化どうぶつデスゲーム』において語られた第一回どうぶつデスゲームでは、ヒトではなくネコが進化して知性をもち、生命史が塗り変わってしまった宇宙をふたたび書き換えるために、ネコの先祖たちを絶滅させるべく、少女たちが八百万年前の地球に向かい壮絶な闘いを繰り広げた。どうぶつデスゲームは、生物たちの種の生き残りをかけた戦いであり、今回絶滅させるべき種はべつの時間を辿って進化した鳥類たちとなる。

読み進めていくほどに、物語はわたしたちを摑んで離さない。

過剰性はわたしたちを魅惑する。少女たちに襲いかかる不気味に魅力的な鳥類たち、宇宙を飛ぶアンキロサウルスあるいは恐竜宇宙戦艦。水星発電機、時間津波、水陸両用共生生体戦車アノマロタンク、東京五輪大壊滅、腕足動物水流コンピュータ、スピノザ器官、超次元進化マクスウェルエンジン。神話のように狂った桁数で出現する恐竜たち、どくどくと溢れ飛び散るどうぶつとキャラクタたちの体液、びくびくと痙攣し嫌な音を立てて千切れる肉、きらきらと七色に輝き眼を焼くようなプラズマと宇宙、時間がほどける幻想的な瞬間。

語りそのものの魅力にも気づかされる。図鑑のスケッチのように、奇怪などうぶつたちの微細な特徴までもがうやうやしくていねいに記述され、どうぶつたちの名づけは、奇妙なこだわりをもって執拗に繰り返される。二人称での語りかけ、三人称での語りを重ねながら、複数の語りのテクスチャがひとつの物語に組み込まれる。何かが爆発し、衝突し、どうぶつたちが鳴くたびに、幼児のごっこ遊びのように好き勝手な擬音が叫ばれる。かと思うと謎めいた語り手が登場し、読み手に問いを投げかける。

時空と因果と出来事は切断され、無尽蔵に投入される科学的知識によって縫合され、むちゃくちゃな世界のキマイラが生成される。語りは幻惑し、物語は加速していく――。だが、本作の魅力はこうした逸脱と過剰には尽くされない。

前巻を読んでいたなら、そうでなくとも物語一般に幾許か親しんでいるなら、冒頭から、本作のキャラクタの描写と扱いのおかしさに気づくだろう。本作のキーパーソンである空上ミカをはじめとするキャラクタたちの情動と振る舞いは、存在感のあり過ぎる語り手が内面を詳《つまび》らかに語ってしまうせいか、書き割りめいて、生死を賭けた劇的な戦いの場面にあっても、平板で抑揚がない。のみならず、彼女たちは読み手にじゅうぶんな親しみを感じさせる前に、戦いのなかであっけなく死ぬ。味わえるだろうと当然期待するはずの、登場人物同士の関係性から醸し出される「エモさ」もドラマティックな情感の起伏もない。

語りの推進力に幻惑されながらも訝しんでいると、読み手の当惑を裏づけるように物語は展開する。中生代白亜紀末期、六六〇〇万年前の地球へとタイムトラベルしたミカたちは、「理由の力」を失ってしまい「わからなさ」に直面する。記憶も脳機能も保持されている。だが、単純な行為さえ意思決定できなくなってしまう。その代わりに、情動を失ったように過酷な環境も何十年という月日ものともせずミカたちは活動する。寒々しく不気味な筆致で描かれる彼女たちは、神経科学者アントニオ・ダマシオの著名な患者「エリオット」の姿によく似ている。外科手術の結果、感情的部位を失ったエリオットは、事故ののち、以前の優秀なサラリーマンの彼とは似つかない姿に変わってしまった。ほかの脳機能は正常にも関わらず、午後のすべてを使って書類をどう分類したものか、その日付か、サイズか、あるいは他の基準か、と悩むようになったという——。

痛ましいエリオットとはちがい、機能に欠損があるわけではないミカたちは行為の動機を調達できる。彼女らは第一回どうぶつデスゲームの顚末を描いた物語を読み、作中のじぶんたちの「内面を想像して共感して感情移入」する。理由を模倣して行動する「ごっこ遊び」を行う。じぶんたちの物語を読んでじぶんたちをごっこ遊びするキャラクタたち。物語を読むわたしたちの姿のいびつな写しのようなその姿は、たしかに生き生きとしているが、どこかまがいもののようでもある。

物語はいくつもの急展開を迎えながら、突如「ヘブンズドア」が開く。機械仕掛けの神が与える祝福のように、ミカたちに理由が供給される。だが、読み手にいっそうの困惑がもたらされる。ミカたちの理由をわたしたちはうまく共有できない。物語は、わたしたちをうろたえさせたままエスカレートする。最後の一撃が加えられるように、キャラクタへの違和感を含むすべての謎は説明され、終幕を迎える。たしかに謎は明らかにされる。だが膨大な情報量と猛烈な展開速度ゆえに結末にいたる流れを見失い、少なくない読み手はこの結末の読み解きに困難さを見出すかもしれない。

だが、理解不可能なわけではない。実は、草野は多くのヒントを残している。理解の手がかりは、これまでの草野の作品と思索の系譜を辿ることで浮かび上がってくる。

草野は幾度となく〈キャラクタ＝性格〉の特異さを問うてきた。「意識の配信」をキーに、意識と自己のあり方を問う「【自己紹介】はじめまして、バーチャルCTuber真銀アヤです。」（二〇一八年、『小説すばる』二〇一八年十月号所収、集英社）、みずからを架空の人物と呼称する理由農作錬金術師が理由とキャラクタのつながりを語る「理由農作錬金術師アイティ」（『三田文学』No.137（二〇一九年春季号）所収）、「自由エネルギー原理」をテーマにキャラクタ同士の理解と読み手の関係性へのアクセス不可能性を示した「幽世知能」（二〇一九年、『アステリズムに花束を　百合SFアンソロジー』所収、早川書房）、そして、前巻『大進化どうぶつデスゲーム』での、特徴的な発達のあり方をした十八人の少女たちの一人称による語りにおけるキャラクタの性格のエミュレートの試み。

ときどきの体調や精神状態により同一の出来事に対するひとのふるまいは変わりうる。なら、確固たるものであると想定されるふるまいの傾向であるはずの〈性格〉とは何か。この問いに十全に答えられる者はいない。にもかかわらず、ひとは性格という概念を用いてキャラクタを生き生きと描写できる。読み手たちは諸々の物語に登場するキャラクタのリアルささえ語り合う。キャラクタと性格とは何か。立ち止まれるなら、わたしたちは謎めいたキャラクタと性格のわからなさに気づける。草野は、キャラクタを生成することを身上とする小説家であるにもかかわらず、キャラクタと性格のわからなさに立ち止まり続けることのできる稀有な才能をもった書き手なのだ。

〈アンチ-キャラクタ〉小説とも呼べる本作は、キャラクタの本性を問うために、徹底的にキャラクタ＝性格を破壊する。様々な作品で問われたキャラクタと性格のわからなさをいっそう全面に押し出し問い直す。

冒頭からキャラクタの生き生きとした内面は語りによって曝《さら》け出され、理由を失ったキャラクタたちは生気なく駆動し、ごっこ遊びによって性格があるふりをする。だが、ふりもうまくいかず、急に佐賀弁めいた語尾になる幾久世やシロアリを吸い出す千宙にみられるようにキャラクタたちの性格はおかしなものになる。「ヘブンズドア」によって天下り式に生き生きとしはじめるキャラクタは、読み手の理解の枠を突き抜けていく。突きつけられる物語の結末。だが、確認したように、まったくの唐突ではない。この結末は、本作が、何より草野原々という作家がこれまで問うてきた謎がかたちをむすんで現れたものだ。

わたしたちは、物語のなかのキャラクタの「内面を想像して、共感して感情移入」することで、ときに現実の他者よりも真剣に彼らに親しみを抱きさえする。あるいは、わたしたちはキャラクタ同士が敵対し、友情を育み、恋し愛するなかで形成される関係性を味わう。これらの行為は、決して現実と切り離されてはない。わたしたちがキャラクタ＝性格をしぜんに味わうほどに、この現実において、キャラクタ＝性格という概念と存在は確固たるものとして存在をつよめていく。物語を読むほどに、キャラクタ＝性格を内面化し、自己と他人の内面を記述し、理解しようとするわたしたち。ちょうどミカたちが小説形式のどうぶつデスゲームを読んでしたように、わたしたちもまた、数多の物語を読んで、ごっこ遊びを繰り返し、自己と呼ばれる不可解な何かを組み上げているだけなのかもしれない。

本作で強調されるキャラクタの不安定さと構築性への疑念は、そのままわたしたちの性格のあり方の謎へと投げ返される。物語のなかに閉じ込められたキャラクタたちを眺め、そのあり方に違和感を抱いているだけのはずだった読み手たちは、いつのまにじぶんたちのあり方をも問いに付さざるをえなくなる。草野は、これまでの試みとはべつのしかたで、みずからのキャラクタとわたしたちのあり方をめぐる問いに読み手を誘い出そうとする。〈キャラクタ〉とは何か。〈性格〉とは何か。そして〈わたしたち〉とは何か。

この試みがどの程度うまくいっているのか——。判断は読み手に委ねたい。

本解説でわたしは、草野の本作での試みがいかなるものであったかを解説することを目指した。本解説が、草野の作品の逸脱と過剰の魅力のみならず、深層にある思索的で挑戦的な価値の在り処への案内となるよう願う。

草野原々は、これまでに物語のなかのキャラクタ＝性格のあり方を問うてきた。本作ではこの問いのみならず、わたしたちというキャラクタ＝性格のあり方を問う道へと確実に一歩を踏み出している。はじまったばかりのその試みの成否はいまだ明らかではない。だが、語りの魅力を研ぎ澄まし、新たな挑戦を行い続ける彼の次の作品は期待できるものにちがいない。

もちろん、わたしたち読み手もまた、彼の挑戦に応えるために備えていなければならない。キャラクタという謎めいた存在の前で、そのあり方をめぐる問いを問い続けられるように。

土屋健（著)、群馬県立自然史博物館（監修）（2015）『ジュラ紀の生物』技術評論社
土屋健（著)、群馬県立自然史博物館（監修）（2015）『白亜紀の生物　上巻・下巻』技術評論社
土屋健（著)、群馬県立自然史博物館（監修）（2018）『古生物のサイズが実感できる！　リアルサイズ古生物図鑑　古生代編』技術評論社
土屋健（著)、群馬県立自然史博物館（監修）（2019）『古生物のサイズが実感できる！　リアルサイズ古生物図鑑　中生代編』技術評論社
ポール・デイヴィス（2019）『生物の中の悪魔　「情報」で生命の謎を解く』（水谷淳訳）SB クリエイティブ
ドゥーガル・ディクソン（2009）『恐竜時代でサバイバル』（椋田直子訳）学習研究社
新井田秀一・田口公則・石浜佐栄子・折原貴道・渡辺恭平（編）（2018）『改訂新版　神奈川県立　生命の星・地球博物館　展示解説書』神奈川県立生命の星・地球博物館
中西襄（2011）「「超光速ニュートリノ」を相対論と両立させるには」http://www2.yukawa.kyoto-u.ac.jp/~soken.editorial/sokendenshi/vol9/nakanishi.pdf
中西襄（2016）「暗黒物質の素粒子はとらえられない」『素粒子論研究・電子版』Vol 21, No. 2
平山廉（2019）『新説　恐竜学』カンゼン
エンリコ・フェルミ（1973）『フェルミ熱力学』（加藤正昭訳）三省堂
藤田敏彦（2018）「棘皮動物の自然史科学的研究と日本における振興」Proceedings of the Japanese Society of Systematic Zoology No.45:4-15
筆保弘徳・伊藤康介・山口宗彦（2014）『台風の正体　気象学の新潮流２』朝倉書店
ロバート・ブランダム（2016）『推論主義序説』（斎藤浩文訳）春秋社
宮澤伊織（2018）「百合が俺を人間にしてくれた――宮澤伊織インタビュー」https://www.hayakawabooks.com/n/n0b70a085dfe0
森田邦久（編著）（2019）『〈現在〉という謎』勁草書房
山田正紀（2014）『最後の敵』河出書房新社
Ｙ・ヨベル（1998）『スピノザ　異端の系譜』（小岸昭・E. ヨリッセン・細見和之訳）人文書院
リサ・ランドール（2016）『ダークマターと恐竜絶滅』（向山信治、塩原通緒訳）NHK 出版
マイケル・R・ランピーノ（2019）『繰り返す天変地異』（小坂恵理訳）化学同人
ヘーゼル・リチャードソン（2005）『恐竜博物図鑑』（出田興生訳）新樹社
カルロ・ロヴェッリ（2019）『時間は存在しない』（冨永星訳）NHK 出版
Adam Toon(2016) "Fictionalism and the Folk" The Monist, Volume 99, Issue 3, July 2016, Pages 280–295
また、難波優輝さんには、分析美学と分析哲学についての助言をいただきました。ここに感謝します。

参考文献

磯崎行雄（2012）「大量絶滅・プルーム・銀河宇宙線――統合版「プルームの冬」シナリオ」『遺伝　生物の科学』vol.66, No.5
出田興生、バードライフ・インターナショナル（2009）『世界鳥類大図鑑』ネコ・パブリッシング
ケンダル・ウォルトン（2016）『フィクションとは何か　ごっこ遊びと芸術』（田村均訳）名古屋大学出版会
ピーター・ウォード、ジョゼフ・カーシュヴィング（2016）『生物はなぜ誕生したのか　生命の起源と進化の最新科学』（梶山あゆみ訳）河出書房新社
内井惣七（2006）『空間の謎・時間の謎』中央公論新社
荻原理（2019）『マクダウェルの倫理学――『徳と理性』を読む』勁草書房
マルクス・ガブリエル（2019）『「私」は脳ではない　21世紀のための精神の哲学』（姫田多佳子訳）講談社
川上和人（2018）「The X-Birds ～１億年後の鳥の進化を予測する～」『BIRDER 2018年８月号　特集　概説　空想鳥類学』文一総合出版
川崎悟司（2015）『すごい古代生物』キノブックス
川崎悟司（2019）『ならべてくらべる　絶滅と進化の動物史』ブックマン社
川崎悟司「古世界の住人・川崎悟司イラスト集」http://paleontology.sakura.ne.jp/
草野原々（2019）『大進化どうぶつデスゲーム』早川書房
小林快次（2012）『恐竜時代Ｉ　起源から巨大化へ』岩波書店
小林快次（2013）『ワニと恐竜の共存　巨大ワニと恐竜の世界』北海道大学出版会
佐藤岳詩（2017）『メタ倫理学入門』勁草書房
佐藤正毅（2009）「風車を使わない電気流体力学風力発電」『風力エネルギー』Vol.33, No.4
アローク・ジャー（2015）『人類滅亡ハンドブック』（長束竜二訳）ディスカヴァー・トゥエンティワン
武村政春（2017）『生物はウイルスが進化させた　巨大ウイルスが語る新たな生命像』講談社
土屋健（監修）（2017）『恐竜最強王者大図鑑』宝島社
土屋健（著）、群馬県立自然史博物館（監修）（2013）『エディアカラ紀・カンブリア紀の生物』技術評論社
土屋健（著）、群馬県立自然史博物館（監修）（2013）『オルドビス紀・シルル紀の生物』技術評論社
土屋健（著）、群馬県立自然史博物館（監修）（2014）『石炭紀・ペルム紀の生物』技術評論社
土屋健（著）、群馬県立自然史博物館（監修）（2014）『デボン紀の生物』技術評論社
土屋健（著）、群馬県立自然史博物館（監修）（2015）『三畳紀の生物』技術評論社

本書は、書き下ろし作品です。

著者略歴　1990年広島県生，北海道大学大学院理学院所属，作家　「最後にして最初のアイドル」で第4回ハヤカワＳＦコンテスト特別賞，第48回星雲賞（日本短編部門）受賞　著書『最後にして最初のアイドル』『大進化どうぶつデスゲーム』（以上早川書房刊）他多数

HM=Hayakawa Mystery
SF=Science Fiction
JA=Japanese Author
NV=Novel
NF=Nonfiction
FT=Fantasy

大絶滅恐竜《だいぜつめつきょうりゅう》タイムウォーズ

〈JA1409〉

二〇一九年十二月 二十 日　印刷
二〇一九年十二月二十五日　発行

（定価はカバーに表示してあります）

著者　草《くさ》野《の》原《げん》々《げん》
発行者　早川　浩
印刷者　入澤誠一郎
発行所　株式会社　早川書房
郵便番号　一〇一 - 〇〇四六
東京都千代田区神田多町二ノ二
電話　〇三 - 三二五二 - 三一一一
振替　〇〇一六〇 - 三 - 四七七九九
https://www.hayakawa-online.co.jp

乱丁・落丁本は小社制作部宛お送り下さい。
送料小社負担にてお取りかえいたします。

印刷・星野精版印刷株式会社　製本・株式会社明光社

ISBN978-4-15-031409-5 C0193

本書は活字が大きく読みやすい〈トールサイズ〉です。